世界文学名著名译典藏

全译插图本

太阳照常升起

〔美〕海明威◎著　周舟◎译

THE SUN ALSO RISES

长江出版传媒 ｜ 长江文艺出版社

图书在版编目（ＣＩＰ）数据

太阳照常升起 / （美）海明威著；周舟译. -- 武汉：
长江文艺出版社， 2018.5
　（世界文学名著名译典藏）
　ISBN 978-7-5354-8955-5

Ⅰ. ①太… Ⅱ. ①海… ②周… Ⅲ. ①长篇小说－美
国－现代 Ⅳ. ①I712.45

中国版本图书馆 CIP 数据核字(2018)第 062307 号

责任编辑：周　聪　　　　　　　　　责任校对：陈　琪
封面设计：格林图书　　　　　　　　责任印制：邱　莉　　王光兴

_____

出版：长江出版传媒　长江文艺出版社

地址：武汉市雄楚大街 268 号　　　　邮编：430070
发行：长江文艺出版社
电话：027—87679360
http://www.cjlap.com
印刷：中印南方印刷有限公司

_____

开本：880 毫米×1230 毫米　　1/32　　印张：7.5　　插页：4 页
版次：2018 年 5 月第 1 版　　　　2018 年 5 月第 1 次印刷
字数：188 千字

_____

定价：26.00 元

_____

导 读

　　欧内斯特·海明威已经是家喻户晓的文学大师了。不仅是文学爱好者，即便是一般的学生读者对于他的作品也已经是耳熟能详了。而除了大家所熟知的《老人与海》，《太阳照常升起》可能是海明威最有代表性的作品了。

　　《太阳照常升起》与《老人与海》、《永别了，武器》和《丧钟为谁而鸣》一起被人们并称为海明威四大小说（本社于 2012 年出版了这四部小说的合集）。这部作品在文学领域取得的最大的成就就是开创了"迷惘的一代"这个流派。

　　所谓"迷惘的一代"（The Lost Generation）是第一次世界大战后美国的一个文学流派。20 世纪 20 年代初，侨居巴黎的美国女作家格·斯泰因对海明威说了一句："你们都是迷惘的一代。"后来海明威把这句话作为他第一部长篇小说《太阳照常升起》的题词，"迷惘的一代"从此成为当时这一批并没有严格的组织的作者的代名词。当然，最后海明威也并不太接受这个标签，他就非常不屑地说过："让她（斯泰因）说的什么迷惘的一代那一套跟所有那些肮脏的随便贴上的标签都见鬼去吧。"这里的"迷惘"，是指他们共有的彷徨和失望情绪。"迷惘的一代"尽管是一个短暂的潮流，但它在美国文学史上的低位却是非常高的。《太阳照常升起》是这个流派的开山之作，而海明威自然成了"祖师"了。在海明威之后，还有福克纳（1897—1962）、约·多斯

·帕索斯（1896—1970）和诗人肯明斯（1894—1962）等人为这个流派的成就添砖加瓦。

"迷惘的一代"的产生背景是第一次世界大战年轻人，他们曾怀着民主的理想奔赴欧洲战场，目睹人类空前的大屠杀，经历种种苦难，深受"民主"、"光荣"、"牺牲"口号的欺骗，对社会、人生大感失望，故通过创作小说描述战争对他们的残害，表现出一种迷惘、彷徨和失望的情绪。这一流派也包括没有参加过战争但对前途感到迷惘和迟疑的 20 年代作家，如菲兹杰拉德、艾略特和沃尔夫（1900—1938）等。特别是菲兹杰拉德，对战争所暴露的资产阶级精神危机深有感触，通过对他所熟悉的上层社会的描写，表明昔日的梦想成了泡影，"美国梦"根本不存在，他的人物历经了觉醒和破灭感中的坎坷与痛苦。沃尔夫的作品以一个美国青年的经历贯穿始终，体现了在探索人生的过程中的激动和失望，是一种孤独者的迷惘。迷惘的一代作家在艺术上各有特点，他们的主要成就闪烁于 20 年代，之后便分道扬镳了。

《太阳照常升起》是海明威的第一部长篇小说，体现了"迷惘的一代"文学的基本特征，实际上是这个流派的宣言，塑造了"迷惘的一代"的典型。小说描写的是第一次世界大战以后一群流落巴黎的英、美青年的生活和思想情绪。主人公杰克·马恩斯的形象带有作者自传的成分，体现了海明威本人的某些经历和他战后初年的世界观以及性格上的许多特点。他是个美国青年，在第一次世界大战中负了重伤，战后旅居法国，为美国的一家报馆当驻欧记者。他在生活中没有目标和理想，被一种毁灭感所吞食。他热恋着勃莱特阿施利夫人，但负伤造成的残疾使他对性爱可望而不可即，不能与自己所钟情的女人结合。他嗜酒如命，企图在酒精的麻醉中忘却精神的痛苦，但是这也无济于事。巴恩斯的朋友比尔对他说："你是一名流亡者。你已经和土地失去了联系。你变得矫揉造作。冒牌的欧洲道德观念把你毁了。你嗜酒如命。你头脑里摆脱不了性的问题。你不务实事,整天消磨在高谈阔论之中。你是一名流亡者,明白者? 你在各家咖啡馆来回转悠。"都是人生角斗场上的失败者,但他们不是逆来顺受的"小人物",而是有着坚强的意志,从不抱怨生活对他们残酷无情,从不唉声叹气。然而他们都只相信自己,只领先自己来进行孤军奋战。

小说的结尾笼罩着浓重的悲观主义和哀伤痛苦的情调:他们注定是孤独的,不能结合在一起,只能幻想中求得安慰。

《太阳照常升起》发表以后,"迷惘的一代"文学的影响剧增,迅速扩展到许多欧洲国家。一九二九年是个流派大丰收的一年,问世的长篇小说有海明威的《永别了,武器》、英国作家理查德奥尔丁顿的《英雄之死》和德国作家埃利希雷马克的《西线无战事》。这些作品是"迷惘的一代"文学的最高成就。《永别了,武器》对海明威个人来说,标志着他的创作向前迈出了一大步。他在这里着重解决的是"迷惘的一代"形成的历史条件问题,是帝国主义战争对一代人的摧残的问题。如果说海明威在《太阳照常升起》中竭力回避人的命运和社会之间的关系的问题,那么在《永别了,武器》中则自觉或不自觉地把这个问题提到首位,把揭露的矛头直接指向帝国主义战争。但这部作品跟《太阳照常升起》一样,也不免宣扬消极遁世的思想,流露出浓厚的悲观主义。这是"迷惘的一代"文学不可克服的矛盾。

美国小说家欧内斯特·米勒尔·海明威

本书献给哈德利

和约翰·哈德利·尼康诺

你们都是迷惘的一代。

——和格特露德·斯泰因的一次谈话

一代过去，一代又来，地却永远长存。

日头出来，日头落下。急归所出之地。

风往南刮，又向北转，不住地旋转，而且返回转行原道。

江河都往海里流，海却不满。江河从何处流，仍归还何处。

——《传道书》（引自简体中文和合本——译者注）

第一部

第一章

　　罗伯特·科恩曾经是普林斯顿大学的中量级拳击冠军。千万别以为我很看重这个头衔,可这对科恩来说倒是非同小可。除了拳击以外,他什么都不在乎。可事实上,他并不是真正喜欢拳击。他历经痛苦学习拳击也只是为了掩饰身为犹太人在普林斯顿的那种低人一等的自卑感。当他清楚自己能够把面前任何一个嚣张的家伙打翻在地的时候,那种感觉给他带来了某种心理上的抚慰。即便如此,他也从来不在体育馆之外的任何地方打斗。他是一个有些腼腆的男生,绝对是个不错的家伙。他是斯拜德·凯利的高徒。斯拜德·凯利训练他的学生,不管他们体重多少——一百零五磅也好,二百零五磅也好——都按照轻量级选手的模式来训练。这看起来倒是挺适合科恩的,他的速度真的很快。他学得也很快,以至于斯拜德得马上亲自上阵把他打败,还给他留下了一个终生扁平的鼻子,这让科恩更加讨厌拳击了。不过,从某种意义上说,他倒也挺满意的,这让他的鼻子看上去好多了(高大的鼻子是犹太人的典型特征——译者注)。在普林斯顿的最后一年,他读了太多书,结果从此戴上了眼镜。我从没碰见过还能记起他的同班同学,他们甚至都不记得他曾经是一个中量级拳击冠军。

　　我不相信一些看上去坦诚、简单的人,特别是他们的故事都特别"完美"的时候。而且,我一直都在怀疑:科恩会不会根本就不是什么中量级冠军;而他的鼻子可能也只不过是让马给踩成那样的,要不就是他母亲在怀他的时候看见了什么或者受到过什么惊吓,抑或是他小时候在什么地方磕了碰了。不过,最终我还是从别人那里得到了斯拜德·凯利的证实——他不仅记得科恩,而且还常常惦记着那孩子现在怎么样了。

从他父亲这边来说,科恩是全纽约最富有的犹太家庭的一份子;而从他母亲那边算的话,他又是最古老的犹太家庭的后裔。去普林斯顿上学之前,他在军校是一个出色的橄榄球边锋。那时候,从没有人唤起过他的种族意识,也没有人让他意识到自己是一个犹太人,或者跟别人有什么不同,直到他去了普林斯顿。他那时是个很不错的男孩儿,很友善,比较内向,可种族意识使他经常耿耿于怀,于是就用拳击来发泄。当他离开普林斯顿的时候,带走的是令他痛苦的自我意识和那个扁平的鼻子。他跟第一个追求他的姑娘结了婚。五年的婚姻和三个孩子,使他挥霍掉了父亲留给他的五万美元的绝大部分,其余的遗产归他母亲所有。和一个有钱的妻子一起生活,那种家庭生活的痛苦使他变得冷漠无情。就在他打定主意要离开他妻子的时候,他妻子却先离开他,跟一个微型人像画师走了。最近几个月以来,他一直都在想着离开他的妻子,但总担心就这样把自己从她的生活中剥离出来会太残忍,所以一直也没有付诸行动。现在她主动离开了倒也算是天公作美。

离婚的事情都办妥之后,罗伯特·科恩动身去了西海岸。在加利福尼亚,他和一群文学圈的人混在了一起。父亲留给他的那五万块倒还剩下一些,很快,他就开始资助起一个文学评论杂志。这家杂志社创刊于加利福尼亚的卡梅尔,后来在马萨诸塞州的普罗文斯顿停刊。那段时间,科恩被当作天使一般。虽然他的名字起初只是以顾问成员的名义出现在杂志的扉页,到最后他却成了杂志的唯一编辑了。杂志社花的都是他的钱,而他也发现自己喜欢上了当编辑的权威感。所以,当杂志的开销实在太大,不得不放弃时,他觉得特别遗憾。

即便如此，那时候又有另外的事情让他担心：自己被一个本想借他的杂志飞黄腾达的女人玩弄于股掌之中。她非常强势，科恩根本摆脱不掉，何况还非常肯定自己很爱她。当这个女人发现杂志不可能再有什么发展的时候，就开始对科恩变得有些嫌恶了。不过她觉得自己还有那么点儿资本，应该还有希望得到自己梦想的一切，所以怂恿科恩和她一起去欧洲，说他可以在那儿继续写作。他们去了欧洲——那个女人受过教育的地方，在那儿待了三年。头一年基本上都是在游山玩水，后两年是在巴黎。罗伯特·科恩结交了两个朋友：布雷多克斯和我。布雷多克斯跟他讨论文学，而我则跟他打网球。

那个能左右他的女人名叫弗朗西斯。到第二年年末的时候，她发现自己已经人老珠黄，对科恩的态度也随之发生了三百六十度的大逆转——原本被漫不经心地当作玩物的科恩，现在绝对成了这个女人一心想要嫁的对象。这期间，罗伯特的母亲决定给他提供一笔生活费，大概每月三百美元左右。估计有两年多的时间吧，我觉得罗伯特对别的女人都不屑一顾。他挺开心的，当然除了一点——他更愿意生活在美国——就像很多生活在欧洲的美国人一样。好在他发现自己还能写点东西。他写过一部小说，虽然不像那些批评家说的那么差劲，但也确实不怎么样。他读了很多书，玩桥牌、打网球，还在本地的一个健身房里打拳。

有一天晚上，我和他还有他的那位女士一起吃过晚饭之后，头一次注意到这位女士态度上的变化。我们在大道饭店吃过饭，然后去了凡尔赛咖啡馆。喝完咖啡，又来了好几杯白兰地，然后我说我得走了。科恩一直在对我唠叨，要我跟他去个什么地方度周末。他想离开市区，找个地方好好逛逛。我提议坐飞机去斯特拉斯堡，然后步行到圣奥迪尔或者阿尔萨斯的别的什么地方。"我认识一个斯特拉斯堡的姑娘，她能带我们转转。"

有人在桌子下面踢了我一脚，我没在意，继续说："她在那儿已经两年了，那边的事儿她都知道。她可是个漂亮的姑娘。"

我又被踢了一脚，抬头一看，发现弗朗西斯——罗伯特的那位——下巴扬了起来，表情也变得僵硬。

"见鬼！"我说，"干吗去斯特拉斯堡呢？我们可以去布鲁日或者是阿尔登嘛。"

科恩似乎如释重负，我没有再被踢了。我跟他们道过晚安之后转身走出门。科恩说要买份报纸，就跟我一起走到街角。"天哪！"他说，"你提那个斯特拉斯堡的女孩儿干吗？你没注意到弗朗西斯的表情么？"

"没有啊，我干吗要注意？我认识一个住在斯特拉斯堡的美国姑娘，这跟弗朗西斯有什么关系？"

"反正都一样。任何姑娘都不行，结果就会去不成了。"

"别冒傻气了。"

"你不了解弗朗西斯。不论说到什么女人都一样。你没看见她那副模样么？"

"噢，好吧。"我说，"那我们去桑利斯。"

"别生气。"

"我生什么气呀。桑利斯是个好地方，我们可以住在麋鹿大饭店，去森林里走走，然后再回来。"

"行，挺好。"

"行了，明天球场见。"我说。

"晚安，杰克。"他说着就要走回咖啡店。

"你忘记买报纸了。"我提醒他。

"还真是的。"他跟我一起走到街角的报亭。"你没生气吧，杰克？"他手里拿着报纸转身问道。

"没有啊，犯得着吗？"

"那么球场见。"他说。我目送他拿着报纸走回咖啡馆。我确实挺喜欢他的，不过很明显，这个女人可没给他好日子过。

第二章

那年冬天，罗伯特带着他的小说去了美国，而且还得到了一个不错的出版商的青睐。

我听说他这次出门曾引起过一场激烈的争吵，我想弗朗西斯大概就是从那个时候开始失去他的。因为在纽约有好几个女人对他不错，当他重新回到巴黎时，整个人都变了。他比过去任何时候都更热衷于美国，也不再那么单纯、不再那么随和了。出版商把他的小说炒得很热，这着实使他头脑发晕；再加上几个女人竭尽全力地讨好他，这使他的眼光彻底改变了。有四年，他的视野范围绝对仅限于他妻子身上；有三年——差不多三年，除了弗朗西斯他什么也看不见。我肯定，他这辈子还从来没有真正地恋爱过。

他结婚只是因为受了大学那段倒霉日子的刺激，而他跟弗朗西斯在一起，则是因为发现自己在第一任妻子眼中并不是全部。他从没有真正恋爱过，但现在意识到自己对女人很有魅力，而且要是有个女人喜欢并愿意和他生活在一起，也不需要什么上天的恩赐。这使他发生了变化，因此跟他在一起也就不再那么痛快了。还有，他和那些纽约哥们儿在一起下大注赌桥牌，甚至超出自己的支付能力时，也曾拿到过好牌，赢过几百美元；这使他很为自己的牌技沾沾自喜。他曾不止一次地说到，一个人走投无路的时候，至少还可以靠打桥牌谋生。

另外，还有件事儿，他读了不少威·亨·赫德森的作品。这听起来是件无可厚非的事情，但科恩把那本《紫红色的国度》读了一遍又一遍，而如果长大了才读《紫红色的国度》，那这本书是非常有害的。它描述的是一位完美的英国绅士在一个极具浪漫色彩的国度里的种种虚构的、旖旎的风流韵事，自然风光也描写得非常出色。一个三十四岁的男人要是把它作为生活指南，就好比一个同龄人带了一整套更看重现实的阿尔杰的书，从法国修道院径直跑去华尔街那样不着调。我相信，科恩对《紫红色的国度》里每句话的认识，都像理解罗·格·邓恩的商情报告那样认真。你们应该明白，他虽是有所保留的，但总的来说，他认为这本书很有道理，光凭这本书就能成为他付诸行动的契机。直到有一天他到办公室来找我，我才真正意识到这本书究竟对他影响有多大。

"嗨，罗伯特。"我说，"你来是想让我高兴高兴的吧？"

"你想去南美洲吗，杰克？"他问。

"不想。"

"为什么？"

"不知道。我从没想过要去。太费钱了。而且要是你光想看南美洲人的话，巴黎有的是。"

"他们不是真正的南美洲人。"

"对我来说，他们已经很'南美'了。"

我这个星期的通讯稿必须赶上这趟海陆联运车发出，可我才写了一半。

"你听到什么丑闻了么？"我问。

"没有。"

"你那帮显贵朋友里就没有一个闹离婚什么的？"

"没有。你听着，杰克，如果我负担全部开支，你愿意跟我去南美么？"

"为什么找我呢？"

"你会讲西班牙语，而且咱俩一起多来劲呀。"

"不去。"我说，"我喜欢这儿。夏天我一向都去西班牙。"

"我这辈子就盼着能有这么一次旅行。"科恩说，他坐下来，"再不去我就老了。"

"别冒傻气了。"我说，"你想去哪儿就能去哪儿，你有的是钱呀。"

"我明白，但我总跨不出第一步。"

"振作点儿。"我说，"这些国家还不就像电影里那样。"

可我为他感到难过，真够他受的。

"我真是受不了了，一想到生命消逝得这么快，而我却还没有真正地活过。"

"除了斗牛士以外，任何人的生活都算不得丰富多彩。"

"我对斗牛士没兴趣，那种生活不正常。我希望到南美的乡下去走走，咱俩一道肯定会很来劲的。"

"你想过去英属东非打猎吗？"

"没有，我不喜欢。"

"我倒愿意跟你一起去那儿。"

"不去，没兴趣。"

"因为你从来没有读过这方面的书，去找一本来看看，都是些跟皮肤黝黑发亮的美貌公主谈情说爱的书。"

"我要去南美。"

他有那种犹太人的执拗的典型性格。

"走，下楼喝一杯去。"

"你不干活儿了？"

"不干了。"我说。我们下楼来到底层的咖啡馆。我发现这是打发朋友离开的最好办法。等你喝完一杯，只消说"唉，我得回去发几份电讯稿"就行了。想出这一类的脱身方法对干新闻的人来说相当重要，因为这一行里至关重要的一条就是你必须一天到晚看上去都不像是在工作。我们下楼到酒吧里要了威士忌苏打。科恩望着墙边箱子里的酒瓶，"这儿真好。"他说。

"酒不少。"我很赞同。

"听着，杰克。"他趴在吧台上，"难道你从没感到过你的生命在流逝，而你却没有好好加以利用？你没发觉你几乎已经过完半辈子了吗？"

"是啊，有时也想过。"

"再过个三十五年左右，我们就都死了，你明白吗？"

"瞎扯淡，罗伯特。"我说，"胡说什么呀。"

"我说正经的。"

"我才不杞人忧天呢。"我说。

"你应该想一想。"

"我这儿三天两头就有一堆烦心事。多一事不如少一事。"

"我要去南美。"

"听我说，罗伯特。去别的国家也一样，我都试过了。换个地方你也不可能自我解脱。一点没用。"

"但你从来没有去过南美呀。"

"去你娘的南美！像你现在这种观点，到那儿去还不是一样。巴黎挺好的，你为什么就不能在巴黎好好地开始你的生活呢？"

"我受够了巴黎，受够了拉丁区。"

"那就离开这个区，自己到处兜兜风，看看会怎么样。"

"不会怎么样。有一次，我自个儿溜达了一整夜，什么事也没遇上。只有一个骑自行车的巡警拦住我，要检查我的证件。"

"巴黎之夜不是很美吗？"

"我根本就不在乎巴黎美不美。"

就是这么回事，我真可怜他，但又帮不上什么忙。因为你一想帮忙，就会碰上他那两个顽固的念头：一个是去南美就能解决他的问题，另一个就是不喜欢巴黎。他的前一种想法是从书上得来的，后一种想法我猜也是。

"行了。"我说，"我得上去发几份电讯稿。"

"非走不可？"

"是啊，我必须把这几份稿子发出去。"

"那我去你楼上办公室里坐一会儿行吗？"

“行啊，走吧。”

他坐在外屋看报，我和编辑还有出版人忙里忙外地干了两个小时。然后我在稿纸边线盖上戳，把稿纸装进两个马尼拉纸大信封，揿铃叫人来把它们送到圣拉扎车站去。我走到外屋，看见罗伯特·科恩在一张大椅子里睡着了，头枕在两只胳臂上。我不想叫醒他，但是我得锁门离开了。我按着他的肩膀，他晃了晃脑袋。“我不能这么干。”他说着，脑袋往臂弯里缩得更深了，“这事儿我干不了。无论如何都不干。”

“罗伯特。”我叫道，摇摇他的肩膀。他抬头看看，眨巴眨巴眼睛，笑了起来。

“刚才我说出声儿了？”

“说了几句，但听不清。”

“天哪，真不是个好梦！”

“是不是打字机的声音让你睡着了？”

“大概是吧，昨晚我一夜没睡。”

“怎么啦？”

“聊天。”他说。

我能想象得到。我有个不好的习惯，就是喜欢想象我的朋友们在卧室里的情景。我们出门上那波利咖啡馆，去喝杯开胃酒，再看看黄昏时林阴大道上散步的人们。

第三章

这是一个温暖的春夜。罗伯特走后，我坐在那波利咖啡馆露台的桌旁，看着渐渐暗下去的天色、闪闪烁烁的广告牌、明明灭灭的红绿灯、来来往往的行人。马车在拥挤的出租汽车旁行驶，"野鸡"在觅食——有的独自一人，有的成双结对。一个俊俏的姑娘经过我的桌子，我目送着她沿街走去，直到看不见了，接着看另一个。后来发现先头那个又折回来了，她又打我面前经过，我跟她对视了一眼，她走了过来，在我桌边坐下。男招待走上前来。

"那么，你想喝点什么？"我问。

"珀诺。"

"这种酒小姑娘不能喝。"

"你才是小姑娘。叫招待来一杯珀诺。"

"给我也来一杯珀诺。"

"怎么样？"她问，"去参加派对？"

"当然。你呢？"

"说不准。在这儿谁都说不准。"

"你不喜欢巴黎么？"

"对。"

"那你为什么不去别的地方？"

"没什么别的地方可去。"

"你兴致挺高的，不错。"

"不错！真见鬼！"

珀诺是一种仿苦艾酒的浅绿色饮料，一兑水就变成乳白色，味道像甘草，能提神，但是后劲儿也会让你感觉浑身无力。我们坐着喝珀诺酒，姑娘绷着脸。

"行啦。"我说，"你莫非要请我吃饭？"

她咧嘴笑了，我这才明白她故意绷着脸不笑的原因——闭着嘴时，她的确是个相当漂亮的姑娘。我付过酒钱，和她一起走上街头。我招来一辆出租马车，车夫把车赶到人行道靠边停下。马车缓慢而平稳地行驶，我们安坐在里面，沿着歌剧院大街，经过一家家已经打烊但窗户仍然透着灯光的商店。路面映着亮光，几乎不见人影，大街显得更宽阔。马车驶过纽约的《先驱报》分社时，只见橱窗里挂满了时钟。

"这些钟都是干吗用的？"她问。

"它们显示的是美国各地的不同时间。"

"少糊弄我啦。"

我们从大街拐到金字塔路，在来来往往的车辆中穿过里沃利路，再通过一道幽暗的大门，开进特威勒里花园。我用一只胳臂搂着她，她依偎着我，抬头期待我的亲吻。她伸手摸我，我把她的手拿开："别这样。"

"怎么啦？你有病？"

"是的。"

"人人都有病，我也有。"

我们驶出了特威勒里花园，来到明亮的大街上，然后驶过塞纳河，拐上教皇路。

"你有病就不该喝珀诺酒。"

"你也不该喝。"

"我喝不喝都一样。女人无所谓。"

"你叫什么名字？"

"乔杰尔特。你呢?"

"雅各布。"

"这是佛兰芒人的名字吧。"

"美国人也有。"

"你不是佛兰芒人吧?"

"不是,我是美国人。"

"太好了,我讨厌佛兰芒人。"

说着说着,我们已经到了餐厅。我叫车夫停下,下了马车。乔杰尔特并不喜欢这地方的外观。"这家餐厅不怎么样啊。"

"是啊。"我说,"也许你更愿意去'福艾约'。你干吗不待在马车上,继续往前走呢?"

我之所以搭上她,只不过一时心血来潮,觉得有个人陪着吃饭也不错。我好长时间没有跟"野鸡"一起吃过饭了,都忘了这有多无聊了。我们走进餐厅,从账台边的拉维涅夫人面前走过,进了一个小单间。吃了点东西后,乔杰尔特的情绪也好些了。

"这地方还不坏。"她说,"说不上雅致,但是饭菜还行。"

"比你在列日吃的好些吧。"

"你是说布鲁塞尔吧。"

我们又来了一瓶葡萄酒,乔杰尔特说了个笑话。她笑着,露出一口蛀牙。我们碰了杯。

"你这人不坏。"她说,"可惜你有病。我们还挺谈得来的。你究竟怎么啦?"

"大战中受了伤。"我说。

"唉,肮脏的战争。"

我们本来会继续聊下去,会聊那次大战,会一致赞同战争实际上是文明的浩劫,也许能避免战争最好。可我腻味透了。就在这时候,有人在隔壁房间里叫我:"巴恩斯!喂,巴恩斯!雅各布·巴恩斯!"

"有个朋友在叫我。"我解释道,走出了房间。

是布雷多克斯和一帮人坐在一张大桌子边,有科恩、弗朗西斯·克莱恩、布雷多克斯太太，还有几个不认识的人。

"你会去参加舞会，是吧？"布雷多克斯问。

"什么舞会？"

"怎么了，就是跳舞呗。你不知道我们又开始跳舞了吗？"布雷多克斯太太插嘴说。

"你一定得来，杰克。我们都要去。"弗朗西斯在桌子另一头笑着说，她是个高个儿。

"他当然会来。"布雷多克斯说，"进来陪我们喝咖啡吧，巴恩斯。"

"好。"

"把你的朋友也叫来。"布雷多克斯太太笑着说。她是加拿大人，具备加拿大人那种轻松而优雅的社交风度。

"谢谢，我们会来的。"我说着，回到小单间。

"你的朋友都是些什么人？"乔杰尔特问。

"作家、艺术家。"

"塞纳河这边太多这种人了。"

"是太多了。"

"没错。不过，他们有些人倒挺能挣钱的。"

"哦，对。"

我们吃完饭，也喝完了酒。"走吧。"我说，"跟他们喝咖啡去。"

乔杰尔特打开她的手包，对着小镜子往脸上轻轻扑了几下粉，用口红把唇形重新勾勒了一遍，整了整帽子。

"好了。"她说。

我们走进那间坐满人的房间里，布雷多克斯和在场的其他男人都站起身来。

"请允许我给各位介绍一下我的未婚妻乔杰尔特·勒布朗小姐。"我说。乔杰尔特娇媚地一笑，我们和大家一一握手。

"你是那位歌唱家乔杰尔特·勒布朗的亲戚吧？"布雷多克斯太太问。

"我并不认识他。"乔杰尔特回答。

"可是你俩同名同姓。"布雷多克斯太太一脸诚恳，执着地追问。

"不。"乔杰尔特说，"其实根本不是。我姓霍宾。"

"可巴恩斯先生介绍你说的就是乔杰尔特·勒布朗小姐。他确实是这么说的。"布雷多克斯太太坚持说。她一说起法语就很激动，往往自己都不知道自己在说什么。

"他是个傻帽。"乔杰尔特说。

"哦，那么就是在说笑了。"布雷多克斯太太说。

"对。"乔杰尔特说，"逗大家开心的。"

"你听见了么，亨利？"布雷多克斯太太朝桌子另一头的布雷多克斯喊道，"巴恩斯先生介绍他的未婚妻姓勒布朗，其实她姓霍宾。"

"当然啦，亲爱的。是霍宾小姐，我早就认识她了。"

"喔，霍宾小姐。"弗朗西斯·克莱恩叫道。她说法语很快，看起来也不像布雷多克斯太太那样，因为自己能说一口地道的法语就自鸣得意。

"你在巴黎待了很久了？你喜欢这里吗？你很爱巴黎，对吧？"

"她是谁呀？"乔杰尔特扭头问我，"我非得跟她搭话吗？"

她又转身望着弗朗西斯，只见弗朗西斯笑眯眯地坐着，叉着双手，脑袋支在长长的脖子上，撅起嘴巴准备继续说。

"不，我不喜欢巴黎，又奢侈、又肮脏。"

"是吗？我倒觉得这里特别干净，算得上全欧洲最干净的城市之一。"

"我认为巴黎很脏。"

"这就怪了！也许你在巴黎待的时间太短吧。"

"我在这儿待的时间够长的了。"

"可这里有些人倒是不错，这点必须承认。"

乔杰尔特扭头对我说："你的朋友们真好。"

弗朗西斯已略有醉意，要不是这会儿咖啡送来了，她还会嘚啵嘚啵个不停。拉维涅还端上了利口酒，喝完后，我们都走出餐厅，动身去布雷多克斯组织的跳舞俱乐部去。跳舞俱乐部设在圣杰尼维那弗山路的一家大众舞厅内。每礼拜有五个晚上是先贤祠区的劳动者在这里跳舞，一个晚上供跳舞俱乐部活动，礼拜一晚上不开放。我们到那儿时，里面还空荡荡的，只有一名警察坐在门口，老板娘和老板本人待在白铁吧台后面。我们进门时，老板的女儿从楼上下来了。屋里摆了些长凳和几张桌子，从这头摆到那头。屋子另一边是舞池。

"但愿大家能早点来。"布雷多克斯说。老板的女儿走过来，问我们要喝点什么。老板坐上一张靠近舞池的高凳，开始拉手风琴。他的一只脚踝上挂了一串铃铛，他一边拉琴，一边用脚配上节奏。大家都跳了起来。屋里太热，我们走出舞池的时候都出了一身汗。

"我的天。"乔杰尔特说，"这儿简直就是个蒸笼!"

"的确很热。"

"热死了，我的上帝!"

"把你的帽子摘了吧。"

"好主意。"

有人请乔杰尔特跳舞，于是我走到吧台旁。的确是够热的。在这么一个炎热的夜晚，手风琴的乐曲声听起来婉转悠扬。我站在门口，迎着街上吹来的习习凉风喝了杯啤酒。坡度很大的街道上，开来两辆出租汽车，它们都在停在了舞厅门前。车上下来一群年轻人，有的穿着T恤，有的只穿了件衬衫。借着门里射出的灯光，我能看见他们的手和新打理过的卷发。站在门边的警察看看我，微微一笑。他们走了进来。在灯光下，我看清了他们雪白的手、雪白的脸庞和鬈曲的头发。他们一边往里走，一边挤眉弄眼、比比划划，叽叽喳喳说个不停。波莱特和他们在一起，跟这些人打成一片，她的模样怪可爱的。

有人看见了乔杰尔特，他说："我郑重宣布：这儿有个如假包换的婊子，我要跟她跳舞。雷特，你擎好吧。"

那个叫雷特的褐色皮肤高个子说："别这么冒失。"

金黄色卷发的年轻人回答："别担心，亲爱的。"波莱特就是跟这种人在一起。

我气不打一处来。不知怎么搞的，他们总让我生气。我知道，别人总觉得他们是在逗乐，得宽容些，可我就是想揍倒他们一个，随便哪个都成，把他们那种目中无人、傻了吧唧、气定神闲的嘴脸打得稀巴烂。但最后我还是走出来了，在沿街的隔壁一家舞厅的酒吧里喝了一杯啤酒。这啤酒不怎么样，我又要了一杯科涅克白兰地来冲淡嘴里的啤酒味，但这杯酒更糟。当我回到舞厅的时候，舞池里挤得满当当的，乔杰尔特正和那高个儿金发小伙在跳舞。他跳舞的时候使劲扭臀，歪着脑袋，眼睛朝上翻着白眼。音乐一停，他们之中的另一个就接着邀请她。她已经被他们给困住了。这会儿我也明白了，他们会一个个都和她跳的，他们就这德行。

我在一张桌子边坐下，科恩也在那儿，弗朗西斯在跳舞。布雷多克斯太太领来一个人，介绍说，他叫罗伯特·普伦蒂斯，是从纽约取道芝加哥来的，是一位小说界的后起新秀。他说话带点儿英国口音，我请他喝了一杯。

"非常感谢。"他说，"我刚喝过一杯。"

"再来一杯。"

"行，谢谢。"我们招呼老板的女儿过来，每人要了一杯掺水的白兰地。

"我听说，你是堪萨斯城人。"他说。

"对。"

"你觉得巴黎好玩吗？"

"好玩。"

"真的？"

我这时已经有几分醉意了，并不是真醉，不过已经有些口无遮拦了。

"老天作证。"我说，"当然是真的。你不觉得好玩么？"

"嗬，你发起脾气来还真是迷人。"他说，"我要有你这点本事就好了。"

我起身朝舞池走去，布雷多克斯太太紧跟着我。"别生罗伯特的气。"她说。

"你知道，他不过是个毛孩子。"

"我没生气。"我说，"只不过刚才觉得快吐了。"

"你的未婚妻今天晚上可是大出风头。"布雷多克斯太太往舞池里看去，乔杰尔特正被那个叫雷特的褐色皮肤高个儿搂着跳舞呢。

"是么?"我说。

"那可不。"布雷多克斯太太回答。

科恩走过来，"走，杰克。"他说，"喝一杯去。"

我们走到吧台前。

"你怎么啦，好像被什么事儿惹恼了?"

"没事。只不过这套把戏让我想吐。"

波莱特向吧台走过来。

"嗨，伙计们。"

"嗨，波莱特。"我说，"你怎么没醉?"

"我再也不会让自己喝醉了。喂，给我来杯白兰地苏打。"

她端着酒杯站着，我发现罗伯特·科恩在盯着她看，就像他那位同胞看到上帝赐给自己的土地时的神情一样（指上帝把迦南赐给亚伯拉罕——译者注）。科恩当然比他要年轻得多，但是他的眼神里也同样流露出那种急切的、理所当然的期待。

波莱特可真他妈的好看。她穿着一件紧身运动套衫和一条苏格兰粗呢裙子，头发像男孩那样朝后梳——是她开创了这种打扮。她的身材曲线如同赛艇的外形那样优美流畅，那件羊毛衫更让她身体的曲线一览无余。

"你结交的这伙人真不赖，波莱特。"我说。

"他们很可爱吧? 你也是，亲爱的。你从哪儿搞到她的?"

"在那个波利咖啡馆。"

"今晚你玩得很开心喽?"

"那当然，春宵一刻值千金嘛。"我说。

波莱特咯咯地笑着。"你这可就错了，杰克，这对我们大家都是一种伤害。你瞧瞧那边的弗朗西斯，还有乔。"

这是说给科恩听的。

"就你，这开心也有限。"波莱特说。她又笑了起来。

"你还真是清醒得很呐。"我说。

"是啊，难道我醉了？你跟我结交的这帮人在一起，也一定喝不醉。"

音乐开始了，罗伯特·科恩说："能跟您跳这一支吗，波莱特夫人？"

波莱特朝他微微一笑："这一支我已经答应雅各布了。"她笑着说，"你他妈取的还是圣经里的名字，杰克。"

"那么下一支呢？"科恩问。

"我们这就要走了。"波莱特说，"我们在蒙马特尔还有个约会。"

跳舞的时候，我从波莱特的肩膀上望过去，只见科恩在吧台边站着，还在盯着她看。

"你又迷倒一个。"我对她说。

"不说这个。可怜的家伙，以前我一直没发觉。"

"哦，算了吧。"我说，"依我看你是来者不拒。"

"别瞎说。"

"你就是喜欢这样。"

"唉，随你说吧。我就是喜欢又怎么样？"

"不怎么样。"我说。我们合着手风琴的音乐跳着舞，有人在弹班卓琴。很热，但我觉得很开心。我们跳着，与乔杰尔特擦身而过，她正和他们当中的另一个在跳舞。

"是什么让你鬼迷心窍，把她带到这儿来的？"

"不知道，就是带来了。"

"你他妈又开始罗曼蒂克了。"

"不，只不过是无聊。"

"现在呢？"

"哦，现在好了。"

"我们走吧，会有人好好照顾她的。"

"你想走？"

"不想走我干吗还问你?"

我们走出舞池。我从墙上的衣帽钩上取下外衣穿上。波莱特站在吧台边,科恩在跟她说话。我在吧台边停下,向他们要个信封,老板娘找来一个。我从兜里掏出一张五十法郎的钞票放进信封,封上口,交给老板娘。

"跟我一起来的姑娘要是问起我,请你把这个交给她。"我说,"要是她跟某个先生一起走,就请代我保管一下。"

"没问题,先生。"老板娘说,"你这就走?这么早?"

"是的。"我说。

我们朝门口走去。科恩还在跟波莱特说话,她说了声晚安就挽起了我的手臂。

"晚安,科恩。"我说。我们到外面大街上,准备找辆出租汽车。

"你那五十法郎会打水漂的。"波莱特说。

"呃,对。"

"没有出租车。"

"我们可以步行到先贤祠去雇一辆。"

"走吧,我们到隔壁酒吧去喝一杯,叫人去雇吧。"

"你连过马路这几步路都懒得走。"

"能不走就不走。"

我们走进隔壁酒吧,我打发一名男招待去叫车。

"好了。"我说,"终于摆脱他们了。"

我们倚在高高的白铁吧台边,相视无语。男招待来了,说车子在门外。波莱特紧紧捏住我的手。我给了男招待一个法郎,我们就出来了。

"我该跟司机说去哪儿?"我问。

"哦,就跟他说在附近转转吧。"

我吩咐司机开到蒙特苏里公园,然后上车,砰地关上车门。波莱特向后蜷缩在车厢一角,闭上眼睛。我坐在她身旁。车子抖了一下就发动了。

"哦,亲爱的,我过得太惨了。"波莱特说。

第四章

汽车爬上小山坡，经过明亮的广场，进入黑暗之中；然后继续上坡，开上平地，来到圣埃蒂内多蒙教堂后面一条黑黢黢的街道上；再顺着柏油路平稳地开下去，路过一片树林和康特雷斯卡普广场上停着的公共汽车，最后拐上鹅卵石铺就的莫弗塔德大街。街边闪烁着酒吧和夜店的灯光。我们原本分开坐着，车子在古老的街道上颠簸摇晃，我们紧靠在了一起。波莱特摘下帽子，头向后仰，我在店面灯光划过时能看见她的脸，接着车里又暗了下来。直到我们驶进戈贝林大街，我才又看清她的整个脸庞。这条街的路面被挖开了，在电石灯的火光照耀下，人们在电车轨道上干活。波莱特脸色发白，明亮的灯火照出她修长脖子的轮廓。街道又暗下来了，我吻她，我们的嘴唇紧贴在一起。她转过身去，蜷靠在车座的另一角，她低着头，尽量离我远些。

"别碰我。"她说，"请你别碰我。"

"怎么啦?"

"我受不了。"

"噢，波莱特!"

"别这样。你应该明白，我只是受不了。啊，亲爱的，请你谅解!"

"你难道不爱我?"

"不爱你?你一碰我,我全身简直就瘫成了果冻。"

"难道我们就只能望洋兴叹了?"

她直起身来背靠着我,我用一只胳臂搂住她,我们都很安详。她用她那惯常的眼神盯着我的眼睛,让我搞不清的是,她真是在用自己的眼睛看吗?就算世界上所有人的眼睛都停止了注视,她那双眼睛似乎还会一直看下去。她在那样地盯着我,仿佛世界上所有东西都是用这种眼神看的,可事实上有很多东西她都不敢正视。

"那么我们只能到此为止了。"我说。

"不知道。"她说,"我不想再受折磨了。"

"那我们还是分手的好。"

"可是,亲爱的,我看不到你可不行。你并不完全理解。"

"我是不理解,不过在一起老是这个样子啊。"

"那都怪我。不过,难道我们不是在为我们的所作所为付出代价?"

她一直盯着我的眼睛。她眼里的景深时时不同,有时看上去是一片平板,而现在,你可以从她眼睛里一直探到她的心灵深处。

"我想我给许多人带来过痛苦,现在正在偿还孽债呢。"

"别说傻话了。"我说,"而且,我对自己的遭遇,总是一笑置之,从来不去想它。"

"嗯,我觉得你不会的。"

"好了,不说这些了。"

"我自己对这事也笑过,就一次。"她的目光躲闪着,"我兄弟有个朋友从蒙斯回家来,也是这样。战争似乎是个该死的玩笑。毛头小伙子什么事也不懂,是吗?"

"是的。"我说,"没有人能无所不知。"

我圆满地结束了这个话题。在这样那样的情况下,我也许曾站在绝大多数人的角度深刻思考过这个问题,包括某些创伤或缺陷会成为人们的笑柄,但对伤残者来说,这可不是玩笑。

"有趣。"我说,"真有趣。但是谈情说爱也非常有趣。"

"你这么看?"她的眼睛望进去又变成平板一片了。

"我不是指那方面有趣,是说一种让人愉悦的感觉。"

"不对。"她说,"我认为这是活受罪。"

"见面总是令人高兴的呀。"

"不,我可不这么认为。"

"你不想见我?"

"我无可奈何呀。"

此刻,我们像两个陌生人坐在一起。右边是蒙特苏里公园。那家饭店里有一个鳟鱼池,你可以坐在那里眺望公园景色,但是饭店已经关门了,黑洞洞的。司机扭过头来。

"你想上哪儿?"我问。

波莱特把头扭过去:"噢,去'雅士'吧。"

"雅士咖啡馆。"我告诉司机,"在蒙帕纳斯大街。"

贝尔福狮子像守卫着开往蒙特劳奇区的电车,我们径直开过去,绕过它。波莱特两眼直勾勾地看着前方,车子行驶在拉斯帕埃大街上。能望见蒙帕纳斯大街的灯光了,波莱特说:"我想求你做件事,你会见怪吗?"

"别说傻话了。"

"到那儿之前,你再吻我一次。"

汽车停下后,我下车付了钱。波莱特一边跨出车门,一边戴上帽子。她伸手让我搀着,走下车来。她的手在发抖。"喂,我看上去是不是一团糟?"她拉下头上的男式毡帽,走进咖啡馆。参加舞会的那帮人几乎全在里头,有的靠吧台站着,也有些在桌子边坐着。

"嗨,伙计们。"波莱特说,"我想来一杯。"

"啊,波莱特!波莱特!"小个子希腊人从人丛中向她挤过来,那是一位肖像画家,自称公爵,别人都叫他齐齐。"我告诉你件好事。"

"你好,齐齐。"波莱特说。

"我希望你能见见我的朋友。"齐齐说。一个胖子走上前来。

"米比波普勒斯伯爵。来见见我的朋友阿施利夫人。"

"你好?"波莱特说。

"哦,夫人,您在巴黎玩得痛快吧?"米比波普勒斯伯爵问,他的表链上缀着一颗麋鹿牙齿。

"还行。"波莱特说。

"巴黎真是个好地方。"伯爵说,"不过我想您要是在伦敦也会有许多好玩的。"

"是啊。"波莱特说,"太多了。"布雷多克斯坐在一张桌边叫我过去。

"巴恩斯。"他说,"来一杯。你那女朋友跟人吵得好厉害呀。"

"他们吵吵什么?"

"因为老板娘的女儿说了她什么,吵得不可开交。你知道,她可真不是盖的。她亮出她的黄票,非要老板娘的女儿也拿出来。吵了好一阵子。"

"后来呢?"

"哦,有人送她回家去了。姑娘长得可不赖,说一口地道的行话。坐下喝一杯吧。"

"不喝了。"我说,"我得走了。看见科恩了吗?"

"他跟弗朗西斯回家了。"布雷多克斯太太插嘴说。

"真可怜,他看起来非常消沉。"布雷多克斯说。

"说得没错。"布雷多克斯太太说。

"我要回去了。"我说,"再见吧!"

我到吧台边和波莱特说了再见。伯爵在要香槟酒,"先生,您能赏光一起喝一杯吗?"他问。

"不了,非常感谢。我得走了。"

"真的要走?"波莱特问。

"真的。"我说,"我头疼得厉害。"

"明天见?"

"去我办公室吧。"

"恐怕不行。"

"那好,你说在哪儿?"

"五点左右，哪儿都行。"

"那么在河那边找个去处吧。"

"好，五点钟我会在克里荣旅馆。"

"别爽约啊。"我说。

"别担心。"波莱特说，"我从没忽悠过你，对吧？"

"迈克尔有信来吗？"

"今天来过一封。"

"再见，先生。"伯爵说。

我来到店外人行道上，朝着圣米歇尔大街走去。走过洛东达咖啡馆门前的桌子，那里依然高朋满座；远看马路对面的多姆咖啡馆，那里的桌子一直摆到人行道的边上。有人在一张桌旁向我摆手，我没看出是谁，径直往前走去。我想回家。蒙帕纳斯街头悄无人迹，拉维涅餐厅已经关上店门，一些人在丁香园咖啡馆门前垒桌子。我从奈伊元帅的雕像前走过，在弧光灯照耀下，它矗立在长着嫩叶的栗子树丛中。基座摆着一个枯萎的紫红色花圈。我停住脚仔细端详，上面刻着：波拿巴主义者组织敬建，某年某月，我已经忘了。奈伊元帅的雕像看上去很威武：脚蹬长靴，在七叶树嫩绿的叶丛中举剑示意。我的住所就在大街对面，顺着圣米歇尔大街再走一段。

门房里亮着灯，我敲了敲门，女看门人把我的邮件递给我。我祝过她晚安，然后上楼去。一共有两封信和几份报纸。我在饭厅煤气灯下看了一眼，信件是美国来的。一封是银行的对账单，上面写着余额2432.60美元。我拿出支票簿，扣除本月一号以来开出的四张支票的金额，发现还有1832.60美元存款，我把这个数字记在对账单的背面。另一封是结婚请柬：阿洛伊修司·科尔比先生及夫人宣布他们的女儿凯瑟琳结婚——我既不认识这位姑娘，也不认识跟她结婚的那个男人——这张喜帖想必已经发遍全市了。这名字很怪，我确信，我不会忘记任何一个叫作阿洛伊修司的人，这是一个地道的天主教名字。正如齐齐有一个希腊公爵的头衔一样，请柬上方印着一个纹章的顶饰。还有那位伯爵也很有意思。波莱特也有个头衔——阿施利夫人。去他娘的波莱特！去你的，阿施利夫人！

　　我点上床头的灯，关掉饭厅里的煤气灯，打开那几扇大窗。床远离窗户，我在开着窗户的床边坐下，脱掉衣服。外面，一辆夜班电车在轨道上打门前开过，运送蔬菜到菜市场。每当夜里失眠，这声音就响得很烦人。我一面脱衣服，一面望着床边大衣柜镜子里的自己。屋里的陈设属于典型的法国风格，我想也很实用。偏偏那个部位受了伤，真滑稽。我穿好睡衣，钻进被窝，拿过那两份斗牛报，拆开封皮。一份是橙色，另一份是黄色的。两份报的新闻往往大同小异，所以不管先看哪一份都会使另一份不用看了。《牛栏》报办得好点儿，就先看这一份吧。我从头到尾看了一遍，包括读者小信箱和谜语笑话栏目，然后把灯吹灭。我想大概能睡着了。

　　我的脑子开始天马行空，想到这块多年的心病。唉，在意大利那条被人当作笑柄的战线受了伤还溃逃，真丢脸呐。在意大利的医院里，我们这类人可以组成一个团体了，这个团体有个很滑稽的意大利名字。我不知道其他那些意大利人后来怎么样了。上校联络官来慰问我，是在米兰总医院的庞蒂病房，隔壁的大楼是藏达病房，有一尊庞蒂（或许是藏达）的雕像。真是滑稽，这大概是滑稽透顶的事情了。我全身绑着绷带，但有人把我的情况告诉了他，他就做了一番了不起的演说："你，一个外国人，一个英国人（任何外国人在他眼里都是英国人），做出了比牺牲生命更为重大的贡献。"讲得多精彩啊！我真想把这番话裱糊起来挂在办公室的墙上。他一点没笑，我猜他是在设身处地地替我换位思考呢。"多么不幸！多么不幸！"

　　过去我似乎从未意识到这一点，现在我尽量把它看淡些，只求不要给别人带去烦恼。后来我被送到了英国，如果没有遇到波莱特，我可能永远都不会有任何烦恼。依我看，她只想追求她不可能得到的东西。唉，人就是这样，叫人都见鬼去吧！天主教会倒有方法来处理这一切，妙绝了，反正是一番大道理吧。不要去想它。哦，好一番大道理。今后就试试看吧。试试看吧。

　　我睡不着，只顾躺着抚摸，心猿意马的。接着我就无法控制自己，开始想起波莱特来，于是其他的所有念头都消逝了。我思念着波莱特，思路不再零乱，好像开始顺着柔滑的水波浮游。这时，我突然哭了起来。哭了一会儿，感到轻松些，躺在床上倾听沉重的电车从门前经过，沿街驶去，然后我进入了睡乡。

我醒过来时，听见外面有人在吵闹。我听着，觉得有个声音很耳熟，就穿上晨衣向门口走去。看门的在楼下嚷嚷着，火气很大。我听见提到我的名字，就朝楼下喊了一声。

"是你吗，巴恩斯先生？"看门的喊道。

"是的，是我。"

"这里来了个不知道要搞什么名堂的女人，把整条街都吵醒了。深更半夜这样嚷嚷，真不像话！我告诉她你睡着了，她说一定要见你。"

这时我听见波莱特在说话。刚才睡得迷迷糊糊的，还以为是乔杰尔特呢；可没弄懂是怎么想出来的，她哪能知道我的地址啊。

"请你让她上来好吗？"

波莱特走上楼来，她喝得醉醺醺的。"真是愚蠢。"她说，"惹起了好一阵争吵。嗨，你没有睡觉吧，是吗？"

"那你看我在干什么？"

"不知道。几点钟啦？"

我看看钟，已经四点半了。"连时间都过糊涂了。"波莱特说，"嗨，能不能让人家坐下呀？别生气，亲爱的。刚离开伯爵，他送我来这儿的。"

"他这人怎么样？"我拿出白兰地、苏打水和两个杯子。

"只要一丁点儿。"波莱特说，"别把我灌醉了。伯爵吗？没错儿！他跟我们是同一类人。"

"他真是个伯爵？"

"祝您健康。我想真是的吧。不管怎么说，不愧是位伯爵。多懂得人情世故啊，不知道他从哪儿学来这一套的。在美国开了好多家连锁糖果店。"

她举起杯子抿了一口。

"你想想，他把糖果店叫作'连锁'或者类似'连锁'这样的名称。把它们全串联在一起。给我讲了一点，太有趣了。不过他跟我们是同一类人。啊，说真的。毫无疑问，这总是错不了的。"

她又喝了一口。

"我干吗替他吹嘘这些呢？你不介意吧！你知道吧，他在资助齐齐。"

"齐齐也真是公爵？"

"这我并不怀疑。是希腊的公爵，你知道。他是个末流画家。我比较喜欢伯爵。"

"你跟他都去过哪儿？"

"哪里都去过了，他刚把我送到这儿来。他说给我一万美元，要我陪他到比亚里茨去。这笔钱合多少英镑？"

"两千左右。"

"好大一笔钱呐。我说不能去，他倒蛮有肚量，并不见怪。我告诉他，在比亚里茨我的熟人太多。"

波莱特咯咯地笑了。

"咳，你喝得太慢了。"她说。我刚才只抿了几口白兰地苏打，这下才喝了一大口。

"这就对了。真好玩。"波莱特说，"后来他要我跟他到戛纳去，我说，在戛纳我的熟人太多。蒙特卡洛，我说，在蒙特卡洛我的熟人太多。我对他说，我哪儿都有很多熟人，这是真的。所以我就叫他带我上这儿来了。"

她把手臂支在桌子上，端起酒杯，两眼望着我。"你别这样盯着我。"她说。

"我告诉他我爱着你，这也是真的。别这样盯着我。他很有涵养，明晚要用汽车接我们出去吃饭。愿意去吗？"

"干吗不愿意呢？"

"现在我该走了。"

"为什么？"

"只不过想来看看你，真是个傻念头。你愿意穿衣服下楼吗？他的汽车就在街那头停着。"

"伯爵?"

"就他一个人，还有位穿制服的司机。他要带我逛一圈，然后去Bois吃早饭。有几篮酒食，全是打柴利饭店搞来的。成打的穆默酒，不馋?"

"上午我还得干活。"我说，"跟你比，我太落后了，追不上了，和你们玩不到一块了。"

"别傻了。"

"真的不能奉陪了。"

"好吧。要给他捎句好听的话吗?"

"随你怎么说，务必做到。"

"再见，亲爱的。"

"别那么悲情。"

"都怨你。"

我们接吻道别，波莱特浑身一颤。"我还是离你远点好。"她说，"再见，亲爱的。"

"你不必非要走嘛。"

"我必须走。"

我们在楼梯上再次亲吻。我叫看门女人开门，她躲在屋里叽叽咕咕的。我回到楼上，从敞开的窗口看着波莱特在弧光灯下沿着大街走向停在人行道边上的大轿车。她上了车，车子随即开走了。我转过身来，桌上放着一只空杯子，另外一只杯子里还有半杯白兰地苏打。我把杯子拿到厨房里，把半杯酒倒进水池，关掉饭厅里的煤气灯，坐在床沿上，甩掉拖鞋上了床。就是这个波莱特，为了她我一直想哭。我回想着最后一眼看到她走在街上并跨进汽车的情景，当然啦，不一会儿我又感到糟心透了。在白天，我很容易做到对什么都不动感情，可一到夜里，那就是另外一码事了。

第五章

　　早晨，我沿着圣米歇尔大街步行，到索弗洛路去喝点咖啡，吃点奶油小圆蛋糕。早晨天气不错，卢森堡公园里的七叶树开了花，让人有仲夏早晨那种清爽的感觉。我一边喝咖啡，一边看报，然后抽了一支烟。眼下卖花女正从市场回来，布置着这一天要出售的花束。过往学生有的去法学院，有的去巴黎大学的文理学院。穿梭的电车和往来的上班人流使大街显得十分热闹。我上了一辆公共汽车，去马德林教堂。从马德林教堂沿着嘉布遣会修士大街走到歌剧院，然后走向编辑部。路上看见一个拿着跳跳蛙，还拿着拳击手玩偶的人走过。我得走到旁边去避开这人的女助手，她正用一根线操纵玩偶拳击手。她站在那儿，手中攥着线头，眼睛却看着别处。那男子正向两位旅游者兜售着，还有三位游客在驻足观赏。我跟在一个推滚筒的人身后，这人用滚筒往人行道印上湿漉漉的 CINZANO 字样。满街的行人都是去上班的，上班是件让人高兴的事情。我穿过马路拐进编辑部。

　　在楼上办公室里，我浏览了法国各大晨报，抽了口烟，然后坐在打字机前忙了整整一个上午。十一点的时候，我坐出租汽车去凯道赛。我进去和十几名记者一起待了半个小时，听一位外交部发言人发言并回答提问。这个发言人戴着角质框的眼镜，他是一位《新法兰西评论》派来的年轻外交官。参议院议长正在里昂发表演说，或者更确切一点说，他正在回来的路上。有那么几个人提问题完全是为了让自己有机会说话。还有些通讯社记者提了几个问题，他们是想了解真相的，但是没什么新闻。我跟伍尔塞和克鲁姆拼了一辆出租汽车从凯道赛回去。

"晚上你都干些什么，杰克？"克鲁姆问，"都没怎么看到过你。"

"哦，我一般都待在拉丁区。"

"哪天晚上我也去逛逛。丁戈咖啡馆是个好地方，对吧？"

"对。丁戈，或者这个新开张的雅士咖啡馆。"

"我早想去了。"克鲁姆说，"可是有了老婆孩子，你也明白。"

"你打网球么？"伍尔塞问。

"唔，不。"克鲁姆说，"今年一年我都说不上打过一次。我倒是想抽空去，但是礼拜天老下雨，网球场又那么多人。"

"礼拜六英国人都休息。"伍尔塞说。

"这帮崽子有福气。"克鲁姆说，"哦，我跟你说吧。什么时候我要不再给通讯社干了，那我就有大把的时间到乡下去逛逛了。"

"没错。住在乡下，再弄辆小汽车。"

"我一直在考虑明年买一辆。"

我敲了敲车窗，司机刹住车。

"我到了。"我说，"上去喝一杯吧。"

"不了，多谢，老朋友。"克鲁姆说。伍尔塞摇摇头说："我得把他上午说的话写成稿件。"

我在克鲁姆手里塞了个两法郎的硬币。

"你有病啊，杰克？"他说，"这趟算我的。"

"反正都是编辑部出钱。"

"不行。我来。"

我朝他挥挥手。克鲁姆从车窗里伸出头来："礼拜三午饭时再见。"

"没问题。"

我乘电梯进了办公室。罗伯特·科恩正等着我。

"嗨，杰克。"他说，"一块儿去吃饭么？"

"好。我先看看有什么新的消息没有。"

"上哪儿吃？"

"都行。"

我扫视了一眼我的办公桌。

"你想去哪儿吃？"

"'韦泽尔'怎么样？那里的冷盘小吃很不错。"

到了饭店，我们点了小吃和啤酒。调酒师端来了冰凉的啤酒，高筒酒杯外面凝上了一层水珠，另外还有十几碟不同花色的小吃。

"昨天晚上玩得开心么？"我问。

"不怎么样。"

"你的书写得怎么样了？"

"糟透了。第二部我完全写不下去了。"

"换谁都会这样。"

"嗯，我明白。不过，还是让我挺烦的。"

"还想着到南美去呢？"

"想。"

"那你为什么还没动身？"

"还不就是因为弗朗西斯。"

"行了。"我说，"带她一起去吧。"

"她才不去呢。她不好这口。她就好个人多，热闹。"

"那就叫她见鬼去吧！"

"我做不到。我对她还是有责任的。"他把一碟黄瓜片推到一边，拿了一碟腌渍青鱼。

"你对波莱特·阿施利夫人了解多少，杰克？"

"她叫做阿施利夫人。波莱特只是她自己的名字。她是个好姑娘。"我说，"她正在离婚，然后跟迈克尔·坎贝尔结婚。迈克尔眼下在苏格兰。怎么啦？"

"这个女人相当有魅力。"

"是吗？"

"她有种气质，优雅的气质。看起来绝对是优雅而且正直。"

"她的确非常好。"

"我知道该怎么描述她这种气质。"科恩说，"我想应该说是教养吧。"

"听你的口气你好像很喜欢她。"

"是啊。要是我爱上她，我一点都不会觉得奇怪。"

"她是个酒鬼。"我说，"她爱迈克尔·坎贝尔，而且还要嫁给他。迈克迟早会发他妈大财的。"

"我不信她会嫁给他。"

"为什么？"

"不知道，反正就是不相信。你认识她很久了？"

"嗯。"我说，"我在大战期间住院的时候，她是志愿救护队的护士。"

"那会儿她肯定还是个小姑娘。"

"她现在三十四岁了。"

"她是什么时候嫁给阿施利的？"

"在大战期间。她真正爱的人那时刚刚死于痢疾。"

"说得好刻薄呀。"

"对不起，我不是有意的。我只想告诉你实情。"

"我不相信她会愿意嫁给一个不爱的人。"

"唉。"我说，"已经有过两次了。"

"我不信。"

"行了。"我说，"如果不喜欢这样的答案，就别问这种愚蠢问题了。"

"我没问你那些事儿。"

"是你向我打听波莱特·阿施利的。"

"我可没叫你说她的坏话。"

"哼，去死吧你！"

他的脸一下子变得煞白，腾地一下从座位上站起来，一脸怒气地站在摆满小吃碟子的桌子后面。

"坐下。"我说,"别犯傻了。"

"你把这句话给我收回去。"

"唉,别再耍补习学校那一套了。"

"收回去!"

"行,行,怎么都行。我根本不认识波莱特。行了吧?"

"不是那件事。是你叫我去死那句话。"

"噢,那就别死。"我说,"待着,我们才刚开始吃呢。"

科恩又重新露出了笑容,坐下来。看起来他还是很乐意坐下的。他不坐下又他妈能怎么样呢?

"你说的话太他妈伤人了,杰克。"

"对不起。我嘴巴是很臭,但心里可没那个意思。"

"我知道。"科恩说,"其实你也说得上是我最好的朋友了,杰克。"

愿上帝保佑你,我心想。

"我说的话你别往心里去。"我说得挺大声,"对不起。"

"没事了。行了。我也就是一时生气。"

"那就好。我们再另外弄点吃的。"

吃完饭,我们散步到和平咖啡馆喝咖啡。我发现科恩还想再提波莱特,就把话题岔开了。我们随便瞎扯了一通别的事,然后就散了。于是我回了办公室。

第六章

　　五点钟，我在克里荣旅馆等波莱特。她不在，于是我坐下来写了几封信。信写得不怎么样，但我希望克里荣旅馆的信笺信封能对此有所助益。波莱特还是没有露面。六点差一刻的时候我下楼到酒吧和男招待乔治一块儿喝了杯杰克玫瑰鸡尾酒。波莱特没来过酒吧，所以我出门之前上楼找了一遍，然后搭出租车去雅士咖啡馆。跨过塞纳河的时候，我看见一串空拖船神气活现地被拖着顺流而下。船只靠近大桥时，船夫们划起长桨。塞纳河风物宜人，在巴黎过桥的感觉总是叫人神清气爽。

　　汽车绕过一座旗语发明者的雕像，他正在打旗语，然后汽车拐上拉斯帕埃大街。在拉斯帕埃大街上行驶总是让人觉得没劲，我往后靠在座位上，等车子开过这段路。这条街很像巴黎-里昂-马赛公路上枫丹白露和蒙特罗之间那一段。那段路从头到尾总是让我感到呆板无聊、枯燥乏味。我想这段旅程中这些死气沉沉的地段是由于某些联想造成的。巴黎还有好些街道和拉斯帕埃大街一样丑陋。在这条路上步行完全没关系，但只要坐车经过我就难以忍受，可能与我读过关于这条街的一些东西有关。罗伯特·科恩对巴黎的所有了解都是这样来的。我不知道科恩都看了些什么书让他如此讨厌巴黎，也许是受了门肯的影响。我觉得门肯一定痛恨巴黎，有太多年轻人的好恶都受到了门肯的影响。

车子停在洛东达咖啡馆门口。在塞纳河右岸，不管你要司机送你去蒙帕纳斯哪个咖啡馆，他们总会把你送到"洛东达"。可能十年以后，"多姆"会取而代之。反正"雅士"也离得不远，我路过"洛东达"那些看着让人觉得寒碜的餐桌，走到"雅士"。有几个人在酒吧里面，外面就只有哈维·斯通自个儿坐着，面前堆着一摞垫啤酒杯的小碟子。他需要刮刮脸了。

"坐下吧。"哈维说，"我还找你呢。"

"怎么了？"

"没事儿。就是找你来着。"

"去看赛马了？"

"没。礼拜天之后就没去过了。"

"美国有什么消息吗？"

"没有。完全没有。"

"怎么回事儿？"

"不知道。我和他们完了，彻底绝交了。"

他躬身往前凑了凑，看着我的眼睛。

"你想知道么，杰克？"

"什么？"

"我已经五天没吃过东西了。"

我脑海中迅速闪过一个画面：三天前，"纽约"酒吧，哈维掷扑克骰子赢了我二百法郎。

"到底怎么回事？"

"没钱了。钱没汇过来。"他稍停了一会，接着说，"我跟你说吧，挺奇怪的，杰克。我一没钱就喜欢一个人待着，就想待在自己房间里，像猫一样。"

我掏了掏自己的口袋。

"一百法郎。能帮上点忙么，哈维？"

"够了。"

"来吧。我们去吃点。"

"不急。先喝一杯。"

"最好先垫垫肚子。"

"没事儿。已经到这份上了,吃不吃都无所谓了。"

我们喝了一杯。哈维把我的碟子摞在他那一堆上面。

"你认识门肯么,哈维?"

"认识。怎么了?"

"他是个什么样的人?"

"挺好的,经常讲些有意思的话。上次跟他吃饭的时候,聊到了霍芬海默。'伤脑筋的是,'门肯说,'他整个儿一伪君子。'说得不错。"

"的确有意思。"

"他现在已经江郎才尽了。"哈维接着说,"所有熟悉的事,他几乎都写过了,现在写的全都是他不了解的。"

"我看他这个人挺好。"我说,"但是他写的东西无法卒读。"

"噢,现在没人看他的书了。"哈维说,"除了那些在亚历山大·汉密尔顿学院念过书的家伙。"

"这个嘛,"我说,"倒也是件好事。"

"当然。"哈维说。我们就这样坐着,陷入了沉思。

一会儿,我说:"再来一杯波尔图葡萄酒?"

"行。"哈维说。

"科恩来了。"我说。罗伯特·科恩正在过马路。

"这个傻瓜。"哈维说。科恩走到我们桌子跟前。

"好啊,你们这两个痞子。"他说。

"你好啊,罗伯特。"哈维说,"我刚刚还跟杰克说你是个傻瓜。"

"你什么意思?"

"马上回答,不许想——如果可以为所欲为,你最想干吗?"

科恩思考起来。

"别想,马上说。"

"我没明白。"科恩说,"到底什么意思?"

"我的意思是你最想干吗。你的脑子里最先想到的是什么。不管这种想法有多傻。"

"不知道。"科恩说,"我想我最愿意用我后来学到的技巧再玩一次橄榄球。"

"我看错你了。"哈维说,"你不是个傻瓜,只是个发育不全的病例而已。"

"你他妈真能扯淡,哈维。"科恩说,"早晚有人会把你的脸揍扁的。"

哈维·斯通嘿嘿一笑:"只有你才会这么想,别人可不会。我是无所谓的,我又不是什么拳击手。"

"要真有人揍你,你就不会无所谓了。"

"不,不会的。这就是你大错特错的地方,因为你的脑子有问题。"

"别老说我。"

"行了,不说了。"哈维说,"我是无所谓的,反正你对我而言啥也不是。"

"行了,哈维。"我说,"再来一杯吧。"

"不喝了。"他说,"我上街那头去吃点东西。回见,杰克。"

他出门沿街走去。我看着他那矮小的个子穿过来来往往的出租车,步履沉重、缓慢却又自信十足地过了马路。

"他老惹我生气。"科恩说,"我受不了他。"

"我喜欢他。"我说,"特别喜欢。你也犯不上跟他怄气。"

"我知道。"科恩说,"不过他可是戳到我的痛处了。"

"你下午写东西了?"

"没有,我写不下去。这比写第一本困难多了。真是头疼。"

初春时节他刚从美国回来时的那股子志得意满的劲儿已经荡然无存。那时他对自己的作品信心百倍,只不过一门心思想去南美冒险。现在那种自信已经踪迹全无。不知怎么的,我觉得始终没能把科恩介绍得很清楚。因为在他爱上波莱特之前,我从没听到他说过任何让自己显得与众不同的话。在网球场上他英姿勃发,而且体格不错，身材保养得也很好；他桥牌打得好，又具备那种大学生的风趣和幽默。在大庭广众之中，他从不会说出什么一鸣惊人的话。他穿着那种在学校里被我们叫做马球衫的东西——可能现在还这么叫，但他又不如职业运动员那样年轻。我觉得他并不注重自己的衣着，他的外表已经被普林斯顿塑造成型；他的内心也被那两个熏陶他的女人塑造成型。但他身上始终有一股不可磨灭的可爱而孩子气的欢实劲儿，这可不是塑造出来的，我可能没说明白。可能他在网球场上跟伦格林之流一样好胜心切，不过，他要是输了球也不会懊恼。自从爱上波莱特，他在网球场上就屡战屡败了，以前根本不是他对手的人都能打败他，可他却毫不在意。

我们当时就这样坐在雅士咖啡馆的露台上，哈维·斯通这会儿刚穿过马路。

"我们去'丁香园'吧。"我说。

"我有约了。"

"几点？"

"弗朗西斯七点一刻到这儿。"

"她来了。"

弗朗西斯·克莱恩正穿过大街朝我们走来。她的个子很高，走起路来大大咧咧的。她笑着跟我们挥手，我们看着她穿过马路。

"你好。"她说，"你在这儿我真高兴，杰克。我一直有事儿想跟你说。"

"你好，弗朗西斯。"科恩笑着说。

"哟，你好啊，罗伯特。你也在这儿？"她接着飞快地说，"今天我倒霉透了，这家伙。"她朝科恩那边摆摆头说，"都不想回家吃饭了。"

"我没说过要回去吃饭哪。"

"我知道。可你也该跟厨子说一声呀。后来我约了波拉，可她不在办公室等着，我就到里茨饭店去等她，结果她还是没来，当然啦，在那里吃饭我带的钱又不够……"

"那你怎么办呢？"

"我当然就出来了。"她假装开心的样子说道,"我从不失约,可现如今没人守信了,我也该学着点了。对了,你怎么样,杰克?"

"挺好的。"

"你带来参加舞会的那姑娘挺不错的,但后来你却跟那个波莱特走了。"

"你不喜欢她?"科恩问。

"我觉得她非常迷人。你说呢?"

科恩没接茬。

"听着,杰克。我有话跟你说。你陪我去'多姆'好吗?罗伯特,你就在这儿待着行不行?走吧,杰克。"

我们跨过蒙帕纳斯大街,在多姆咖啡馆找了张长桌子坐下。一个报童拿着《巴黎时报》走过来,我买了一份翻开。

"什么事,弗朗西斯?"

"哦,也没什么。"她说,"就是他打算甩开我。"

"这话怎么说?"

"唉,他原来逢人就说我们要结婚,我也告诉了母亲和其他人,可他现在又反悔了。"

"怎么回事?"

"他觉得人生乐趣还没有享受够。他去纽约那次我就知道会有这么一出。"

她抬头看着我,眼睛亮汪汪的。她装着毫不在乎,但有些语无伦次。

"他要是不愿意娶,我也不愿意嫁。我当然不会勉强他。现在说什么我也不嫁给他了。可拖到现在,对我来说确实晚了点,我们都等了三年了,而且我刚刚办了离婚手续。"

我没做声。

"我们本来还要庆祝一番,可到头来却大吵了一场。真够幼稚的。我们吵得不可开交,他哭着求我要我通情达理,可他说什么就是不能娶我。"

"太糟了。"

"简直糟透了。我已经为他耽误了两年半的时光，现在还有谁会愿意娶我？两年前在戛纳的时候，我想嫁给谁就可以嫁给谁，所有想娶个好女人过安稳日子的老光棍都疯了一样围着我转。现在我可是谁也捞不着了。"

"当然可以，现在你也是想嫁谁都行的。"

"别骗我啦，我可不信。而且，我还爱着科恩。我想要几个孩子，我一直都盼着我们会有几个孩子。"

她用水汪汪的眼睛看着我说："我从不怎么特别喜欢孩子，但不等于一辈子都不要。我始终相信，我会有孩子的，我会爱他们的。"

"科恩已经有孩子了。"

"哦，对，他有孩子。他也有钱，还有个有钱的母亲，还写过一本书。可我的东西没人愿意出版，一个也没有。其实我写得也不赖，而且我还没钱。我本来可以得到一笔赡养费，但是我又用最快的方式离了婚。"

她又一次用水汪汪的眼睛看着我。

"这不公平。是我自己的错，但也不全是。我早就该学着点儿的。我一说到这些，他就只知道哭，说他不能结婚。为什么不能呢？我会做个贤妻良母的。我很容易相处，不会绊手绊脚的。但说这些都于事无补。"

"太伤人了。"

"是啊，真他妈伤人。尽扯这些也没用，是不是？走吧，我们回咖啡馆去。"

"真是的，我也帮不上什么忙。"

"没关系，别让他知道我跟你说了这些就行。他想干什么我很清楚。"这时她才头一回收起了那副假装开朗的、不正常的快乐神情，"他想独自回纽约，等到出书的时候他又能在那儿得到一帮小妞儿的追捧。这就是他想要的。"

"她们也不一定会喜欢他的书。我觉得他还不是那样的人。真的。"

"你没我了解他，杰克。那正是他孜孜以求的。我明白。我懂。

这就是他不和我结婚的原因。今年秋天他还想独自赢个大满贯呢。”

“回咖啡馆去么？”

“好。走吧。”

我们站起身，离开桌子——招待连杯酒也没有给我们拿来。我们穿过马路朝“雅士”走去。科恩坐在大理石面的桌子后面对我们微笑。

“哼，你笑什么呢？”弗朗西斯问他，“这下高兴啦？”

“我笑你和杰克，原来还有不少秘密呢。”

“哦，我跟他说的可不是什么秘密。大家很快也会知道，我只不过先给杰克一个正确的版本而已。”

“什么事儿？你去英国的事儿？”

“是啊，就是去英国的事儿。噢，杰克！我忘告诉你了，我要去英国。”

“那太好了！”

“对啊，名门望族都是这么干的。是罗伯特打发我去的，他打算给我二百镑。我呢，就去看看朋友。挺好的，对不对？可我的朋友们都还不知道呢。”

她转身朝科恩笑笑。科恩这会儿笑不出来了。

“罗伯特，你一开始只打算给我一百镑，对吧？但是我非要他给我二百镑。他可是慷慨得要命呢。是不是，罗伯特？”

我搞不懂，怎么会当面对罗伯特说出这么尖刻的话。就有这种人，他们听不得冷嘲热讽，在我眼皮子底下，而且我连一丝要去阻止的冲动都没有。不过这些话和后来讲的那些比起来只能算是善意的玩笑而已。

“你怎么能说出这种话，弗朗西斯？”科恩打断她。

“你听听，还好意思问我呢。我要去英国，要去看朋友。你去过压根儿就不欢迎你的朋友家做客吗？噢，他们当然不得不接待我，这没问题。‘你好啊，亲爱的。好久不见啦。你母亲好吗？’是啊，我亲爱的母亲现在怎么样啦？她把所有的钱都买了法国战争公债。没错，她都买了。全世界大概也只有她才干得出来。‘罗伯特怎么样啊?'不然就含蓄地扯上罗伯特。'亲爱的,你可千万别冒冒失失地提到罗伯特。可怜的弗朗西斯,这真是不幸的经历。'这不是挺有意思的么,罗伯特?你觉得呢,杰克,会不会很有意思?"

她转身朝我一笑,还是那种开朗得不正常的笑。有人能听她倾吐这些,她很是心满意足。

"那你打算上哪儿去呢,罗伯特?都是我不好,行,我罪有应得。我叫你甩掉杂志社那个小妖精的时候,就该想到你会用同样的方式来对付我的。杰克不知道这事儿。要不我告诉他?"

"闭嘴,弗朗西斯,看在上帝分儿上。"

"不,我要说。罗伯特在杂志社的时候有个小秘书,真是个难得一见的漂亮小妞儿。他那时候可是觉得她美极了。后来我也去了,他觉得我也很美。于是我就让他把她给打发走。那可是杂志社迁址的时候,他特地把她从卡默尔带到了普罗文斯敦的哟,可他连回西海岸的路费都没给她,就是为了讨好我。他当时觉得我美绝一代。是不是,罗伯特?"

"你可别误会,杰克,和女秘书的关系纯属柏拉图式的,甚至连精神恋爱都算不上。根本什么关系都没有。只不过是她的确貌美惊人。他那样做只是为了让我高兴。好,木匠带枷,自作自受。这不是文学语言,是吧?你写第二本书的时候,可得写进去,罗伯特。"

"你也知道罗伯特要为新书搜集素材吧。对不对,罗伯特?这就是他要离开我的借口。他觉得我不上镜。你看,我们同居这段时间里,他总是忙着他写书的事,把我们俩自己的事儿倒忘得一干二净。现在他要去找新的素材了。好吧,我希望他找到点儿惊世骇俗的、有意思的东西。"

"听着,罗伯特,亲爱的。听我一句话,你不会介意吧?别跟你那些个年轻的小姐们拌嘴,尽量别这样。因为你一吵就哭,一哭你就只会自悲自怜,根本记不住对方说了些什么,你那样就永远记不住别人讲的话。你要试着保持冷静,我知道这非常难。但你要记住了,这是为了文学。我们都应该为文学做出牺牲。你看我,我就要毫无怨言地去英国,完全是为了文学呀。我们大家都必须为年轻的作家尽绵薄之力，你说是不是，杰克？不过你也算不上是青年作家了吧，对吗，罗伯特？你三十四岁了。不过，对于当个大文豪的话也还算是年轻的。你瞧瞧哈代，瞧瞧刚刚去世的阿纳托尔·法朗士。罗伯特觉得他没什么可取之处，他有几个法国朋友是这么跟他说的。他读法文不大顺溜，他写得还不如你呢，对不对，罗伯特？你以为他也得去外面找素材么？你猜他那时不愿意娶他的情妇，该对她怎么说？我想知道他是不是也哭哭啼啼的？噢，我明白了——"她用戴着手套的手捂着嘴说，"我知道罗伯特不愿意娶我的真正理由了，杰克。刚刚想到。那是在雅士咖啡馆，我产生过一次幻觉，恍惚之间就明白了。很神奇吧？有那么一天，人家也会挂上一块铜牌的，就像卢尔德城一样。你想听吗，罗伯特？我跟你说吧，很简单。真奇怪，我从前怎么没有想到。怎么回事儿呢？你看，罗伯特一直想有个情妇，如果他不娶我的话，你猜怎么着，那他就有我这么一个情妇了。这个女人当了他两年多的情妇。你看出来了吗？如果他娶了我，兑现了原来的承诺，那么他的整个浪漫史也就算是结束了。连这也能琢磨明白，你说我是不是很聪明？事实也正是如此。你瞧他那样子就知道我是不是说对了。你去哪儿，杰克？"

"我得进去找一下哈维·斯通。"

我离开的时候，科恩抬头看着，脸色煞白。他为什么还要坐在那儿？他为什么要这样忍着？

我靠吧台站着，透过窗户还能看见他们。弗朗西斯还在和他说话，还在开朗地笑着。每次问他"是这么回事儿吧，罗伯特？"两眼总是盯着他的脸。也许现在她不这么问了，也许她在说别的什么事情。我跟招待说我不想喝酒，然后就从侧门出去了。走出门外，回头隔着两层厚厚的玻璃，我还看见他们坐在那儿，她还在跟他说话。我顺着小巷走到拉斯帕埃大街。来了一辆出租车，我上了车，告诉司机我的住址。

第七章

我正要上楼，看门的敲了敲她小屋门上的玻璃。我停住脚步。她走出屋来，拿着几封信和一份电报。

"这是您的邮件。还有位夫人来找过您。"

"她留名片了么？"

"没有。她是和一位先生一起来的，就是昨晚来的那位夫人。我后来才发现，她是个非常好的人。"

"她是和我的朋友一起来的？"

"我不知道，那位先生没来过。他是个大个子，块头非常非常大。那位夫人人非常好，非常非常好。昨晚上，她可能有点儿……"她把头支在一只手上，上下晃着，"老实说，巴恩斯先生，昨天晚上我觉得她可不怎么优雅。昨晚上她给我的印象可不怎么样，可我得说，她实在是非常非常优雅。她出身高贵，一眼就能看得出来。"

"他们说什么了么？"

"他们说过一个钟头再来。"

"来了就让他们上楼吧。"

"是，巴恩斯先生。还有那位夫人，那位夫人可是个人物。也许有点古怪，但肯定是个了不起的人物，绝对了不起！"

这看门的以前在巴黎赛马场开一家小酒馆，她的生意靠着场子里那些三教九流的人，但是她眼里却只有赛马过磅处周围的上流人士。她还颇为自豪地告诉我，她的客人里面哪些有教养，哪些出身于名门，哪些是运动家——这个词照法语的读法要把重音放在最后一个音节上。麻烦就在于要是我的客人不属于这三类人物中的任何一类，她就很可能会跟人说，巴恩斯家没人。我有个画家朋友，长得面黄肌瘦，在杜齐纳太太看来，显然是既缺乏教养，又非名门之后，更不是运动家。搞得他还给我写了封信，问我是不是能给他弄张出入证，好偶尔在晚上来看我时能顺利进来。

我边上楼边琢磨：波莱特是怎么对付这个看门人的。电报是比尔·戈顿打来的，说他乘坐"法兰西号"即将抵达。我把邮件放在桌上，回到卧室，脱光衣服冲个澡。我还在擦着呢，就听见门铃响了。我套上浴袍，穿上拖鞋去开门。是波莱特。伯爵在她身后，拿着一大束玫瑰花。

"嗨，亲爱的。"波莱特说，"能让我们进屋吗？"

"请进。我刚刚在洗澡。"

"真有福气，还洗澡。"

"就是冲一冲。坐吧，米比波普勒斯伯爵，你想喝点什么？"

"我不知道你是否喜欢鲜花，先生。"伯爵说，"冒昧地送给你几朵玫瑰花。"

"来，给我。"波莱特接过花，"给我来点水，杰克。"我到厨房把大瓦罐灌满了水，波莱特把花插在里面，放在餐桌的正中。

"哎，我说，我们玩了整整一天。"

"你把我们在'克里荣'的约会全忘了吧？"

"不记得了。我们约了？我肯定是喝糊涂了。"

"一塌糊涂，亲爱的。"伯爵说。

"是吗？这位伯爵先生绝对是个可靠的好人。"

"你现在已经赢得了看门女人的欢心了。"

"那当然啰。我给了她两百法郎。"

"别尽干傻事。"

"是他的。"她朝伯爵点了点头说。

"我觉得该给她一点，因为昨晚打扰她了。实在是太晚了。"

"他真不错。"波莱特说，"过去的事通通都记得。"

"你也一样，亲爱的。"

"你想想。"波莱特说，"谁愿意伤那个脑筋？喂，杰克，我们可以喝一杯吗？"

"你拿吧，我去穿衣服。你知道在哪儿。"

"当然知道。"

我正穿着衣服，听见波莱特把酒杯摆上了，然后放下苏打水瓶，接着又听见他们在说话。我坐在床上慢条斯理地穿着衣服。我觉得很累，心情也糟透了。波莱特端着一杯酒进屋，坐在床上。

"怎么啦，亲爱的？头晕？"

她在我额头上不经意地吻了一下。

"唉，波莱特，我这么爱你。"

"亲爱的。"她接着又问道，"你想让我把他打发走么？"

"别。他挺不错的。"

"我这就把他打发走。"

"不，别这样。"

"不，就这样，我先把他打发走。"

"你不能这样。"

"我不能？你待着别动。我跟你说，他对我可是神魂颠倒。"

她走出房间。我趴在床上，很难受。我听见他们在说话，但是我没仔细听。波莱特又进来坐在床上。

"亲爱的，可怜的人儿。"她抚摸我的头。

"你怎么跟他说的？"我躺着，脸背着她。我不想看她。

"叫他去弄香槟酒了。他喜欢买香槟酒。"

过了一会儿，她又说："亲爱的，好点了没有？头好点了吗？"

"好些了。"

"躺着别动，他过河去了。"

"我们就不能一块儿过么，波莱特？不就是住到一起么？"

"我想不行。我会对你不贞的，跟谁都会胡来，你会受不了的。"

"我一直不都是在忍受么？"

"不是一回事儿。这是我的问题，杰克，可江山易改，本性难移呀。"

"我们就不能去乡下住一阵子？"

"那不会有什么好处的。你要愿意，我就去。不过我在乡间也不会安分守己的，就算是和我真正心爱的人在一起也不行。"

"我明白。"

"糟透了，不是吗？我光嘴上说爱你一点用也没有。"

"你知道我爱你。"

"不说了，说了也白说。我得离开你，迈克也快回来了。"

"你为什么要走？"

"对你、对我都好。"

"什么时候？"

"尽快。"

"去哪儿？"

"圣塞瓦斯蒂安。"

"我们不能一起去么？"

"不行。我们不是刚谈过了么，那样行不通。"

"但我们没有达成一致。"

"唉，你心里跟我一样清楚。别固执了，亲爱的。"

"噢，当然。"我说，"我知道你是对的。我就是很沮丧，我一难过就说傻话。"

我坐起来，弯腰在床边找鞋穿上，站起来。

"别这个表情，亲爱的。"

"你想让我什么表情？"

"哦，别傻了。明天我就走。"

"明天？"

"对。我刚不是说过了？我得走。"

"那我们再来一杯。伯爵快回来了。"

"是啊，他也该回来了。你知道，他特别热衷于买香槟酒，这在他看来是再重要不过了。"

我们走进饭厅。我拿起酒瓶给波莱特倒了一杯白兰地，自己也倒了一杯。门铃响了。我去开门，是伯爵。司机站在他身后，拎着一篮子香槟酒。

"我该让他把这篮子酒放在哪儿，先生？"伯爵问。

"厨房。"波莱特说。

"拎到那边去，亨利。"伯爵指了指。"再去把冰块拿来。"他站在厨房门里面看着那个篮子，"我想你会觉得这酒很棒。"他说。"我知道现时在美国很少有机会尝到好酒了。这是我从一个做酿酒生意的朋友那里弄来的。"

"哪个行当你都有熟人。"波莱特说。

"我这哥们儿是种植葡萄的，有几千英亩葡萄园。"

"他叫什么？"波莱特问，"叫富力堡（著名香槟品牌——译者注）？"

"不是。"伯爵说，"叫穆默。他是一位男爵。"

"真有意思。"波莱特说，"我们都有个头衔，你怎么没有呢，杰克？"

"我老实跟你说吧，先生。"伯爵把手搭在我的胳膊上说，"头衔不会给你带来什么好处，倒是往往能让你花更多的钱。"

"哦，这可说不好。有时候挺管用的。"波莱特说。

"我从没发现它对我有什么好处。"

"你没有好好利用而已，它可是给我带来了不少好处。"

"请坐，伯爵。"我说，"手杖交给我就行了。"

在煤气灯的灯光下，伯爵凝视着坐在桌子对面的波莱特。她在抽烟，把烟灰弹在了地毯上。她发现我注意到了。

"喂，杰克，我不愿意毁了你的地毯，你不能给我弄个烟灰缸吗？"

我找了几个烟灰缸，摆在几个地方。司机拎了一大桶加盐的冰块上来。

"放两瓶进去冰着，亨利。"伯爵说。

"还有别的事吗，先生？"

"没了，去车里等着吧。"他转身对波莱特和我说，"我们要不要坐车去布洛涅森林吃饭？"

"随你的便。"波莱特说，"我反正一点也不想吃。"

"我一向都喜欢好酒好菜。"伯爵说。

"要把酒拿进来吗，先生？"司机问。

"好。拿来吧，亨利。"伯爵说着掏出一个厚实的猪皮烟盒，朝我递过来。

"来一支真正的美国雪茄好吗？"

"谢谢。"我说，"我先把这支烟抽完。"

他用拴在表链一头的金制雪茄剪刀剪掉了雪茄头。

"我喜欢通气的雪茄。"伯爵说，"我们抽的雪茄有一半都是不通气的。"

他点燃了雪茄，大口地吸着，看着桌子对面的波莱特说："等你离了婚，阿施利夫人，你的头衔就没有了。"

"是啊。真遗憾。"

"那倒用不着遗憾。"伯爵说，"你用不着头衔。你浑身上下都透着高贵。"

"谢谢，你嘴真甜。"

"我可不是跟你开玩笑。"伯爵喷了一口烟说，"依我看，谁也没有你身上这种高贵气质，就你有。就这么回事。"

"你真好。"波莱特说，"我妈妈听了会高兴的。你能不能写下来，我好写在信里给她寄去？"

"我当她面也会这么说的。"伯爵说，"我不是跟你开玩笑，我从来不跟别人开玩笑。喜欢开玩笑的人肯定树敌无数，我经常这么说。"

"你说得对。"波莱特说，"太对了。我经常跟人开玩笑，所以在这个世界上我一个朋友也没有，除了这位杰克。"

"你别跟他开玩笑了。"

"实话实说嘛。"

"现在呢?"伯爵问,"你是在跟他开玩笑吧?"

波莱特眯着眼睛看我,眼角出现皱纹。

"不。"她说,"我不跟他开玩笑。"

"明白了。"伯爵说,"你不跟他开玩笑。"

"说这些真无聊。"波莱特说,"要不要来点香槟酒?"

伯爵弯腰把埋在小桶里的酒瓶转了一圈,小桶里的冰块闪闪发光。

"还没有冰透呢。亲爱的,你总是喝个没完。为什么你不能光聊聊天呢?"

"我已经唠叨得太多了。我把什么都跟杰克说了。"

"我很想听你认认真真地说话,亲爱的。你跟我说话总是说一半留一半。"

"那半句是留着让你说的。谁愿意谁就接着说。"

"这可真是个好玩的方式。"伯爵伸手把瓶子又转了一圈,"可我还是愿意听你说。"

"你看他傻不傻?"波莱特问。

"行了。"伯爵拿起一瓶酒说,"我看这一瓶冰透了。"

我拿来一条毛巾,他把酒瓶拿起来擦干。

"我喜欢喝大瓶装的香槟酒。这种比较好,但是冰镇起来很费时间。"他拿着酒瓶端详着。我放好杯子。

"喂,你可以打开了。"波莱特提醒他。

"好,亲爱的,我这就开。"

那的确是好香槟。

"我说,这才叫酒嘛。"波莱特举起杯子,"我们应该说点儿祝酒词:'为王室干杯。'"

"这酒用来祝酒未免太好了点儿,亲爱的。你喝这样的酒时可不能把感情放进去,你会品不出味儿来的。"

波莱特的酒杯空了。

"你应该写一本谈酒的书,伯爵。"我说。

"巴恩斯先生。"伯爵回答,"我喝酒的所有乐趣就是享受它们。"

"再来点。"波莱特把酒杯往前一推。伯爵小心翼翼地给她倒酒。

"喝吧,亲爱的。现在你先慢慢品,然后喝个一醉方休。"

"醉?喝醉?"

"亲爱的,你喝醉了真迷人。"

"听他往下说。"

"巴恩斯先生。"伯爵一边说,一边给我倒满,"她是我见过的唯一一个喝醉了还依然光彩照人的女人。"

"你没见过什么世面,好不好?"

"不,亲爱的。我见得多了,见过很多很多。"

"喝你的酒吧。"波莱特说,"我们都见过世面,我敢说杰克见过的不一定比你少。"

"亲爱的,我相信巴恩斯先生见闻广博,别以为我不这么认为,先生。但是我也见得不少。"

"当然啦,亲爱的。"波莱特说,"我只不过是说着玩儿的。"

"我经历过七次战争、四场革命。"伯爵说。

"当兵打仗吗?"波莱特问。

"有几回,亲爱的,我还受过几处箭伤。你们见过箭伤么?"

"让我们瞧瞧。"

伯爵站起来,解开他的背心,撩开衬衣。他把汗衫拉到胸部,露出黑黢黢的胸脯,大腹便便,站在灯光下。

"看见了吧?"

在最末一根肋骨下有两处隆起的白色伤疤。

"你们看后面箭头穿出去的地方。"在后腰上方,同样有两个隆起的疤痕,有手指头那么粗。

"我说,这可真是不得了。"

"完全穿透了。"

伯爵把衬衣塞好。

"在哪儿受的伤?"我问。

"在阿比西尼亚。我当时二十一岁。"

"你当时干什么呀，"波莱特问，"在军队里?"

"我是去做生意的，亲爱的。"

"我跟你说过，他跟我们是一类人。我说过吧?"波莱特扭过头来冲我问，"我爱你，伯爵。你真可爱。"

"你说得我心里甜甜的，亲爱的。但你这不是真心话。"

"别傻了。"

"你瞧，巴恩斯先生，正因为我历经了很多，所以今天才如此尽情享受。你难道不这么看?"

"是的，绝对正确。"

"我就知道。"伯爵说，"奥妙就在其中。人必须有一套价值观。"

"你的价值观改变过么?"波莱特问。

"没变过，不会再变啦。"

"从来没有真正爱过?"

"经常啊。"伯爵说，"谈情说爱是家常便饭。"

"这跟你的价值观有什么关系?"

"在我的价值观里，爱情也占了一席之地。"

"你根本没什么狗屁价值观。你早玩儿完了，别的什么也没有。"

"不，亲爱的。你错了，我还没死呢。"

我们喝光了三瓶香槟，伯爵把篮子留在我的厨房里。我们去布洛涅森林一家餐厅里用餐，饭菜很不错。食物在伯爵的价值观中占有特殊的位置，酒也一样。伯爵吃饭的时候举止优雅，波莱特也一样。这次聚会很愉快。

"你们想去哪儿?"饭后，伯爵问道。餐厅里就剩下我们三个人了。两个男招待背靠门站着，他们想要回家了。

"我们可以上蒙马特山。"波莱特说，"今晚的聚会不是挺好吗?"

伯爵笑逐颜开，他特别开心。

"你们俩都是非常好的人。"他说。又抽起雪茄来，"你们为什么不结婚，你们俩?"

“我们各有不同的生活。”我说。

“我们的经历不同。”波莱特说，“走吧，离开这里。”

“再来杯白兰地吧。”伯爵说。

“到山上喝去。”

“不，在这里喝，这儿够安静。”

“去你的'安静'。”波莱特说，“男人怎么就这么喜欢安静？”

“我们喜欢安静。”伯爵说，“正如你喜欢热闹一样，亲爱的。”

“好吧。”波莱特说，“就喝一杯。”

“侍酒师！”伯爵招呼说。

“来了，先生。”

“你们最陈的白兰地是哪年的？”

“1811年，先生。”

“给我们来一瓶。”

“嗨，别摆阔了。拦着他点儿，杰克。”

“你听着，亲爱的，我觉得花钱买陈酿白兰地比买任何古董都值。”

“你收藏了很多古董？”

“满满一屋子。”

最后，我们登上了蒙马特山。泽利咖啡馆里拥挤不堪，乌烟瘴气，人声嘈杂。一进门，乐声震耳。波莱特和我跳舞，舞池里挤得我们只能勉强挪动步子。黑人鼓手向波莱特招招手，我们被挤在人群里，在他面前原地不动地踏着舞步。

“你哈噢（你好）？”

“很好。”

“勒啊（那）就哈噢（好）！”

他有一口醒目的白牙和两片厚嘴唇。

“他是我很要好的朋友。”波莱特说，“特别棒的鼓手。”

音乐停下了，我们朝伯爵坐的桌子那边走去。这时舞曲声又响起了，我们又接着跳舞。我看了看伯爵，他正坐在桌子边抽雪茄。音乐又停了。

"我们过去吧。"

波莱特朝桌子走去。乐声又响起了，我们又挤在人堆里跳。

"你跳得真烂，杰克。迈克是我认识的人中跳得最好的。"

"他很了不起。"

"他有他的优点。"

"我挺喜欢他的。"我说，"我真他妈喜欢他。"

"我打算嫁给他。"波莱特说，"有意思。我已经一礼拜没想起他了。"

"你没给他写信？"

"没写，我从不写信。"

"他准备给你写了？"

"当然，写得还挺好。"

"你们什么时候结婚？"

"我怎么知道？等我办完离婚手续吧。迈克想叫他母亲出钱来办。"

"要帮忙不？"

"别装了，迈克家有的是钱。"

音乐声停了，我们走到桌子边，伯爵站起来。

"非常好。"他说，"你们跳得很不错。"

"你不跳，伯爵？"我问。

"不，我上年纪了。"

"唉，别这么说。"波莱特说。

"亲爱的，要是跳舞能感到乐趣，我会跳的。我更愿意看你们跳。"

"太好了。"波莱特说，"什么时候我再跳给你看看。你那位小朋友怎么样啦，齐齐？"

"跟你说吧，我只是资助那孩子，但我不想让他老跟着我。"

"他挺刻苦的。"

"你知道，我相信这孩子会有出息，但就我个人而言，我不希望他老跟着我。"

"杰克也是这么想的。"

"他老让我神经紧张。"

"还有。"伯爵耸耸肩说,"至于他将来怎么样,谁也说不好。不管怎么样,他父亲跟我父亲是好朋友。"

"走,跳舞去。"波莱特说。

我们又跳。舞池里人又多,又挤。

"亲爱的。"波莱特说,"我很痛苦。"

我有种似曾相识的感觉,过往的种种又重现出来。

"一分钟之前你还挺高兴嘛。"

鼓手大声唱着:"你不能两次……"

"都过去了。"

"怎么回事?"

"不知道。我就是感觉糟透了。"

"……"鼓手唱着。然后抓起鼓槌。

"想走?"

我有种感觉,就好像是在噩梦里一样,有些东西总是反复出现,挥之不去,我刚经过这样的煎熬,现在又要从头来过。

"……"鼓手轻轻唱着。

"我们走吧。"波莱特说,"你别见怪。"

"……"鼓手大声唱着,对波莱特咧嘴笑笑。

"好。"我说。我们从人群中挤出来,波莱特到洗手间去了。

"波莱特想走。"我对伯爵说。他点点头。

"她要走?好啊。你用我的车吧。我要再待一会儿,巴恩斯先生。"

我们握手道别。

"今晚过得真不错。"我说,"请允许我……"我从口袋里拿出一张钞票。

"巴恩斯先生,这太不像话。"伯爵说。

波莱特走过来,她已经穿戴好了。她亲了一下伯爵,把手按住他的肩膀,不让他站起来。我们刚出门,我回头一看,已经有三个姑娘坐在他身边了。我们跨进那辆豪华轿车，波莱特告诉司机她的酒店地址。

"不，你别上来了。"她站在酒店门口说。她刚才按过一下门铃，现在门开了。

"真的？"

"对，请回吧。"

"晚安，波莱特。"我说，"你的心情不好，我觉得很难受。"

"晚安，杰克。再见，亲爱的。我不再见你了。"我们站在门边接吻，她把我推开，紧接着我们又接吻。"唉，别这样！"波莱特说。

她很快转身，走进宾馆。司机把我送到住处，我给了他二十法郎，他伸手碰了下帽檐，说"晚安，先生"，就开走了。我按了按门铃，门开了，我上楼，然后睡下。

Part Two

第二部

第八章

　　我一直没见到波莱特，直到她从圣塞瓦斯蒂安回来。她从那儿寄来过一张明信片，上面印有康查海滩的风景照，并写着："亲爱的：非常宁静，非常健康。爱你们，波莱特。"

　　我也一直没有见到罗伯特·科恩。听说弗朗西斯已经去了英国，我收到过科恩一张便条，说是要去乡下住两个礼拜，还没决定去哪儿，不过他要我记住去年冬天我们聊过的去西班牙钓鱼的旅行计划。他写道，我可以随时通过他的银行经纪人和他取得联系。

　　波莱特走了，不再被科恩的烦恼所困扰，也不用去打网球了，挺高兴的，还有很多活要干呢。我常去看赛马，和朋友一起吃饭。有时在办公室加加班，赶出一些东西来，到时候好移交给秘书，因为六月底我要和比尔·戈顿去西班牙。比尔·戈顿到巴黎了，在我这儿待了两天就去了维也纳。他兴致盎然，说美国好得不得了，纽约好得不得了。那里的戏剧季规模宏大，还有一大批出色的年青轻量级拳击手。他们每个人都很有前途，再增加点体重，他们甚至有希望击败登普西。比尔很高兴，他最近出版了一本新书，帮他挣了一大笔钱，而且还会有更多的进账。他在巴黎这两天我们过得很愉快，然后他就去维也纳了，三礼拜后回来。到时候我们就动身去西班牙钓鱼，然后去潘普洛纳过节。他来信说维也纳很美妙，还从布达佩斯寄来一张明信片："杰克，布达佩斯迷人极了。"其后我又收到一封电报："礼拜一归。"

礼拜一晚上，他来到我的住处。我听见他的出租车停车的声音，就到窗前喊他；他挥挥手，拎着几只旅行袋就往楼上走。我到楼梯口迎着他，接过一个旅行袋。

"呵。"我说，"听说你这次玩得挺痛快的。"

"好极了。"他说，"布达佩斯绝对是个好地方。"

"维也纳呢？"

"一般，杰克，一般般。比原来好像好一点。"

"什么意思？"我拿来酒杯和一个苏打水瓶。

"我醉了，杰克。我在那儿喝醉了。"

"真没想到。还是来一杯吧。"

比尔擦擦他的前额。

"特别奇怪。"他说，"不知道怎么醉的。突然就醉了。"

"时间长吗？"

"四天，杰克。醉了整整四天。"

"你都去了哪些地方？"

"不记得了。给你寄过一张明信片，这我记得很清楚。"

"还干什么啦？"

"说不准了。可能……"

"继续啊，跟我说说。"

"记不得了，我能记起多少就给你讲多少吧。"

"行，接着说。边喝边想。"

"可能想起来了一点儿。"比尔说，"我想起一次拳击赛，维也纳的一次大型拳击赛。有个黑鬼参加，这黑鬼我可记得很清楚。"

"继续。"

"这老黑挺厉害，长得有点儿像'老虎'弗劳尔斯，不过有他四个那么大。突然，观众纷纷扔起东西来，我可没扔。老黑把一个当地小伙击倒在地上，他举起一只戴着手套的手，想申诉什么，看上去光明磊落。他刚要开口，那位当地的白种小伙向他一拳打去，

西班牙的斗牛士

他随即也一拳把白种小伙打晕了，这时观众开始扔椅子。老黑搭我们的车回的家，连衣服也没拿到，穿的还是我的外套。现在全都想起来了。这一晚上真够折腾的。"

"后来呢？"

"我借给那个黑人几件衣服，然后就跟他一起四处想办法拿到那笔钱。但是人家说场子都给砸啦，那黑鬼现在应该倒欠他们钱。都不知道是谁在当翻译了，会是我吗？"

"大概不是你。"

"你说得对，确实不是我，是另外一个家伙，我们好像管他叫本地哈佛生。想起他来了，他是学音乐的。"

"结果呢？"

"不太好，杰克，天下乌鸦一般黑。比赛的主办方说那黑人答应过让当地白种小伙赢的，说黑人违约。你根本不可以在维也纳击倒维也纳拳击手。'天啊，戈顿先生。'那个黑人说，'我在场上四十分钟啥也没干，一直在让他。这白种小伙肯定是向我挥拳的时候自己摔倒了。我真没打他。'"

"你要到钱了？"

"没有，杰克。黑人光是把衣服弄回来了，他的表也不知让谁拿走了。这黑人其实挺不错的，去维也纳这事儿真是大错特错。不怎么样，杰克，真不怎么样。"

"这黑人后来怎么样？"

"回科隆去了。他住那儿，结婚了，有老婆孩子。说是要给我写信，还要寄还我借给他的钱，是个好人。但愿我给他的地址没有写错。"

"应该不会错的。"

"得了，还是吃饭去吧。"比尔说，"除非你还要我再多说一些这次旅行的见闻。"

"继续说。"

"我们吃饭去。"

我们下楼走上圣米歇尔大街。六月的夜晚很温暖。

"我们去哪儿？"

"想去岛上吃么？"

"行啊。"

我们沿大街走往前走。在费尔·罗歇罗路口有两尊身着飘拂长袍的雕像。

"我知道这两个人是谁。"比尔看着纪念碑说，"开创制药学的先生们，巴黎这点事儿可瞒不了我。"

我们继续往前走。

"这儿有家动物标本商店。"比尔说，"想买点儿什么吗？来一个漂亮的狗标本？"

"得了吧。"我说，"你喝多了。"

"狗标本挺好看的。"比尔说，"肯定能让你的房间满屋生辉。"

"走吧。"

"你就弄一只狗标本回去，我是可买可不买。但是，听我说，杰克，你弄一只回去。"

"走吧。"

"你弄一只回去，这世上别的什么东西你都不想要了。简单的等价交换嘛，你给他们钱，他们给你一只狗标本。"

"回来的时候再买吧。"

"行，你看着办。黄泉路上铺满了没卖出去的狗标本，可别怨我。"

我们继续往前走。

"你怎么突然对狗那么大的兴趣？"

"我本来就喜欢狗，一直就很喜欢动物标本。"

我们停下来，喝了一杯酒。

"我确实是喜欢喝酒。"比尔说，"你什么时候也该试试，杰克。"

"你比我多喝一百四十四杯了，遥遥领先。"

"别为此垂头丧气的，永远不能气馁，这可是我成功的秘诀。从不气馁，从没当着别人的面气馁过。"

"你在哪儿喝来着?"

"在'克里荣'待了会儿,乔治给我调了几杯鸡尾酒。这人不错,知道他成功的秘诀吗?从不气馁。"

"你再喝三杯珀诺酒就该气馁了。"

"不会当着别人面气馁的,我要觉得不对劲就自个儿溜走。这点儿有些像猫。"

"你什么时候碰到哈维·斯通的?"

"在'克里荣'。哈维情绪有点低落,整整三天没有吃东西。什么也不吃,溜了,像猫一样,伤心透了。"

"他没事儿。"

"那就好。希望他别老跟个猫似的溜掉,弄得我紧张兮兮的。"

"晚上咱们干吗?"

"干吗都一样,别搞得垂头丧气的就行。我猜你这儿有煮鸡蛋吧?如果有,我们就不用走那么远去岛上吃。"

"不行。"我说,"我们要吃顿像样的饭。"

"我就是说说。"比尔说,"现在走吗?"

"走。"

我们又顺着大街往前走。一辆马车从我们身边经过,比尔瞅了它一眼。

"看见那辆马车没有?我要把那辆马车做成标本给你做圣诞礼物。我打算给所有的朋友都送动物标本,我是个博物学作家。"

一辆出租车开过,有人在里面招手,然后敲敲车窗叫司机停下。汽车往回倒了一点停在路边。波莱特坐在里面。

"真是个美人儿。"比尔说,"是不是想把我们拐走?"

"喂!"波莱特说,"喂!"

"这位是比尔·戈顿,这位是阿施利夫人。"

波莱特对比尔微微一笑:"我说,我刚回来,连澡都还没洗呢。迈克今晚到。"

"好。来跟我们一起吃饭,晚些一块儿去找他。"

"我得先洗洗。"

"别废话了！走吧。"

"非得洗个澡不可，反正他九点之前都到不了。"

"那就先喝一杯再去洗。"

"这倒是可以，你这还有点儿像话。"

我们上了车，司机扭过头来。

"去最近的酒店。"我说。

"我们还是到'丁香园'吧。"波莱特说，"我喝不了那种烂白兰地。"

"'丁香园'。"

波莱特转身朝着比尔。

"你在这个令人讨厌的城市待很久了？"

"今天刚从布达佩斯来。"

"布达佩斯怎么样？"

"好极了，布达佩斯非常好。"

"问问他维也纳怎么样。"

"维也纳。"比尔说，"是个奇怪的城市。"

"非常像巴黎。"波莱特笑着对他说，她的眼角出现了皱纹。

"一点儿不错。"比尔说，"眼下这个季节特别像巴黎。"

"这头开得不错。"

我们坐在"丁香园"外面的露台上，波莱特叫了一杯威士忌苏打，我也要了一杯，比尔又要了一杯珀诺酒。

"你好吗，杰克？"

"非常好。"我说，"我过得挺开心的。"

波莱特瞅着我，"我真傻，非要出门。"她说，"谁离开巴黎，谁就是白痴。"

"你玩儿得怎么样？"

"哎，不错，挺有意思。不过不算特别好玩。"

"遇见熟人了吗？"

"没有，几乎没有。我基本上没出过门。"

"没去游泳？"

"没有，什么也没有干。"

"听起来和维也纳很像。"比尔说。

波莱特眯缝起眼睛看他，眼角出现皱纹。

"原来维也纳是这样的。"

"全都跟维也纳一个样。"

波莱特又对他微微一笑。

"你这位朋友挺好，杰克。"

"他的确不错。"我说，"他是制作动物标本的。"

"那还是在另一个国家里的事。"比尔说，"而且都是些死动物。"

"再来一杯。"波莱特说，"然后我就得赶紧走了。请你叫男招待去雇辆车。"

"外边排着一溜车呢，就在外面。"

"好。"

我们喝完酒，送波莱特上车。

"记住，十点左右到'雅士'，叫上他。迈克会来的。"

"我们会去的。"比尔说。出租车开动了，波莱特向我们挥挥手。

"真是个不错的姑娘。"比尔说，"真他妈不错——迈克，谁？"

"就是她要嫁的那个人。"

"哎呀。"比尔说，"我每次一认识谁总会碰见这种事儿。我该送他们点什么呢？你看他们会不会喜欢来一对赛马标本？"

"我们还是吃饭去吧。"

"她真是一位什么什么夫人吗？"在去圣路易岛的途中，比尔在车里问我。

"是啊。在良种马系谱（玩笑话，指《德布雷特氏贵族名鉴》——译者注）之类里记载着呢。"

"乖乖！"

我们去小岛北部勒孔特太太的餐厅里吃晚饭。里面挤满了美国人，我们不得不站在一旁等着。有人把这个餐厅写进美国妇女俱乐部的导游小册子里，称之为尚未被美国人光顾的饭店，所以我们等了整整四十五分钟才等到一张桌子。1918年大战刚停战时比尔在这里吃过饭，勒孔特太太一见到他就大事张罗起来。

"虽然没能给我们弄张空桌子。"比尔说，"不过她还是个了不起的女人。"

我们这顿吃得很丰盛：烤子鸡、新鲜菜豆、土豆泥、色拉以及一些苹果馅饼加干酪。

"你把全世界的人都吸引到这里来了。"比尔对勒孔特太太说。她举起一只手。

"啊，我的上帝！"

"你要发财了！"

"但愿如此。"

喝完咖啡和白兰地，我们要来账单。跟往常一样，账单是用粉笔写在石板上的，这无疑是本餐厅"古雅"的特点之一。我们付过账，和勒孔特太太握手告别，离开了餐厅。

"你以后都不想来了吧，巴恩斯先生。"勒孔特太太说。

"同胞太多了。"

"午餐时间来吧，人少些。"

"好，我会的。"

我们走在小岛北部奥尔良河滨街沿街的树下，树枝从岸边伸到河面上。河对岸是正在拆除的一些老房子留下的颓垣残壁。

"他们要打通一条大街。"

"他们会的。"比尔说。

我们继续绕着岛走。河面一片漆黑，一艘灯火通明的小客轮开过，匆匆驶往上游，消失在桥洞底下。在河的下游，巴黎圣母院沉睡于夜空下。我们从贝都恩河滨街穿过小木桥走向塞纳河左岸，在桥上停下脚步，远眺着下游的圣母院。从桥上看出去，整个小岛暗淡无光，房屋高耸入云，树林投出一片阴影。

"很壮观。"比尔说，"天呐，我想往回走了。"

我们倚着大桥的木栏杆，望着上游那些大桥上的灯光。桥下的流水静谧而暗淡，悄无声息地滑过桥墩。一个男人和一个姑娘从我们身边走过，他们彼此相拥着散步。

我们穿过木桥，顺着勒穆瓦纳主教路前行。坡度很大，我们一直走到康特雷斯卡普广场。广场上的弧光灯透过树叶照射下来，树下一辆公共汽车正要开动，音乐从"快乐黑人"咖啡馆里传出来。透过"爱好者"咖啡馆的窗子，我看见了里面那张很长的白铁吧台；外面露台上有些工人在喝酒。在"爱好者"的露天厨房里，有位姑娘在油锅里炸着土豆片，旁边一口铁锅炖着肉。一个老头儿拿着一瓶红酒站在那里，姑娘捞了一些在盘子里递给他。

"想喝一杯吗？"

"不。"比尔说，"现在不要。"

我们在康特雷斯卡普广场上向右转，顺着平坦、狭窄的街道走去。街道两旁的房子高大古老，有的向街心凸出，有的往后凹进。我们走上铁锅路，顺着往前，一直走到南北向的圣雅克路，然后往南，经过瓦尔德格拉斯教堂前围着铁栅栏的庭院，走到皇家港大街。

"你想干点儿什么？"我问，"到咖啡馆去看看波莱特和迈克？"

"好哇。"

我们沿着皇家港大街一路往前走到蒙帕纳斯大街，继续经过"丁香园""拉维涅""达穆伊"和另外一些小咖啡馆，跨过马路就到了对面的"洛东达"，在灯光下经过它门前的那些桌子，走进"雅士"。

迈克尔从桌边起身迎着我们走过来。他晒得黝黑，气色不错。

"嗨——杰克。"他说，"嗨——！你好吗，老朋友？"

"身体不错嘛，迈克。"

"是啊，结实着哩。除了散步，什么也不干，成天溜达。每天跟母亲喝茶的时才喝一杯酒。"

比尔走进酒吧，站着和波莱特说话，波莱特架着腿，坐在一只高凳上。她没有穿长统袜。

"看到你真高兴，杰克。"迈克尔说，"我有点醉了，你知道。想不到吧？你看见我的鼻子了吗？"

他鼻梁上有一抹干了的血迹。

"让一位老太太的手提包给弄的。"迈克尔说,"我抬手想帮她拿包,结果包砸在我头上了。"

波莱特在酒吧间里拿她的烟嘴向他打手势,挤眼睛。

"一位老太太。"迈克尔说,"她的手提包砸在我头上了。我们进去看波莱特吧。我说,她可真迷人——你真是个迷人的女人,波莱特。你从哪儿弄来的这顶帽子?"

"一个朋友给我买的。你不喜欢?"

"这也太难看了。麻烦你买顶好的去,行不行?"

"对了,我们现在可是有不少钱。"波莱特说,"我说,你还不认识比尔吧?你——真——是个可爱的主人,杰克。"

她朝迈克尔转去。"这是比尔·戈顿。这个酒鬼是迈克尔·坎贝尔。坎贝尔先生是位没还清债务的破产者。"

"可不是吗?你知道,昨天在伦敦我碰到了原来的合伙人。就是那家伙把我弄成了这样。"

"他说什么了?"

"他请我喝了杯酒——我琢磨我还是喝吧。喂,波莱特,你真是个迷人的东西。你们看她是不是很漂亮?"

"漂亮。长着这么个鼻子?"

"鼻子长得很可爱呀。来,把鼻子冲着我。她是不是很迷人?"

"是不是该把这个家伙留在苏格兰?"

"喂,波莱特,我们还是早点回去睡吧。"

"别说话没检点,迈克。这酒吧间里还有女士呢。"

"她是不是个迷人的东西?你说呢,杰克?"

"今晚有场拳击赛。"比尔说,"去看吗?"

"拳击赛。"迈克尔说,"谁打?"

"莱杜跟谁来着。"

"莱杜功夫了得。"迈克尔说,"我倒想去看。"——他竭力打起精神来——"但我不能去,我跟这妞儿有约会。喂,波莱特,一定要去买顶新帽子。"

波莱特往下拉了拉毡帽,遮住了一只眼睛,但还是看得出她露出了笑容。"你俩赶紧去看拳赛吧。我得带坎贝尔先生直接回家。"

"我没醉。"迈克尔说,"可能有一点。唉,波莱特,你真是个迷人的东西。"

"你们去看拳赛吧。"波莱特说,"坎贝尔先生越来越难伺候了。你从哪儿冒出来的这股子多情劲儿,迈克?"

"唉,你真是迷死个人了。"

我们互相道别。

"真遗憾,我去不了。"迈克尔说。

波莱特笑了。我走到门口时回头看,迈克尔一手扶着吧台,探着身子冲波莱特说话。波莱特冷冷地看着他,但眼角带着笑意。

来到外面人行道上,我说:"你想去看拳击吗?"

"当然。"比尔说,"如果不用走路的话。"

"迈克为他这个女朋友得意着呢。"我在车里说。

"唷。"比尔说,"这你可不能怪他。"

第九章

　　莱杜对弗朗西斯小子的拳赛是在六月二十号晚上举行的，这是场精彩的拳击赛。比赛的第二天早晨，我收到罗伯特·科恩从昂代寄来的信。信里说，他现在生活非常平静，游游泳，打打高尔夫，还经常打打桥牌。昂代的海滨非常美，但是他已经迫不及待想要去钓鱼了。问我什么时候能到那儿。要是我能给他买到双丝鱼线的话，等我去的时候他就把钱还给我。

　　同一天上午，我在办公室写信告诉科恩，我和比尔会在二十五号离开巴黎，如有变化另行电告，并约他在巴荣纳碰面，然后可以从那里搭长途汽车翻山到潘普洛纳。还是这天晚上七点左右，我路过"雅士"，进去找迈克尔和波莱特。他们不在，我就跑到"丁戈"。他们在那儿，坐在吧台前。

　　"你好，亲爱的。"波莱特伸出手来。

　　"你好，杰克。"迈克尔说，"我知道昨晚我醉了。"

　　"嘿，可不是。"波莱特说，"真丢人。"

　　"对了。"迈克尔说，"你什么时候去西班牙？我们跟你一块儿去行吗？"

　　"那太好了。"

　　"你真的不介意？你知道，我去过潘普洛纳。波莱特特别想去。

你们不会把我们当作累赘吧?"

"别瞎说了。"

"你知道,我有点醉了。不醉我也不会这样问你,你确定不会介意吧?"

"闭嘴,迈克。"波莱特说,"他现在怎么可能说介意呢? 我回头再问他。"

"但是你不会介意,对吧?"

"你要不是存心想惹我,就别再问了。我和比尔二十五日早晨动身。"

"对了,比尔去哪儿了?"波莱特问。

"他去'香蒂利'跟朋友吃饭去了。"

"他挺不错的。"

"是相当不错。"迈克尔说,"是的,你知道。"

"你根本就不记得他是谁。"波莱特说。

"记得。完全记得。听着,杰克,我们二十五日晚上走。波莱特早上起不来。"

"绝对起不来!"

"要是我们收到了汇款,你又不介意的话。"

"钱肯定能汇到,我会盯着的。"

"告诉我,要寄过去一些什么钓鱼用具。"

"弄两三根带卷轴的钓竿,还有钓线,一些蝇形钩。"

"我可不钓鱼。"波莱特插嘴说。

"那么弄两根钓竿就行了,比尔不用买了。"

"好。"迈克尔说,"我给管家发个电报。"

"太好了,不是吗?"波莱特说,"西班牙!我们一定会玩得非——常痛快。"

"二十五号。是礼拜几?"

"礼拜六。"

"我们这就得准备了。"

"对了。"迈克尔说,"我一会儿得理发去。"

"我得洗个澡。"波莱特说,"陪我走回旅馆,杰克。乖乖听话啊。"

"我们住的这家旅馆——没比这更好的了。"迈克尔说,"我觉得就像家妓院一样!"

"我们一到,就把行李寄存在'丁戈'。他们问是不是只开半天房间。听说我们要在旅馆过夜,他们高兴得要死。"

"我确定这旅馆是家妓院。"迈克尔说,"我就是知道。"

"哼,闭上你的嘴,去把头发理一理。"

迈克尔走了,我和波莱特还坐在吧台前。

"再来一杯?"

"行。"

"我需要喝点。"波莱特说。

我们走在迪兰伯路上。

"这次回来后一直没见到你。"波莱特说。

"是啊。"

"你好吗,杰克?"

"很好。"

波莱特看着我。

"我说。"她说,"这次旅行罗伯特·科恩也去吗?"

"去。怎么啦?"

"你想这是否会让他多少有点难堪?"

"怎么会?"

"你以为我是跟谁一起去圣塞瓦斯蒂安的?"

"那就真该恭喜你了。"我说。

我们朝前走着。

"你为什么提这个?"

"不知道。你要我说什么?"

我们一直往前,拐了一个弯。

"他表现得很好,但后来变得有点没劲了。"

"是吗?"

"我原以为这对他会有好处。"

"你可以搞点社会公益服务。"

"别这么刻毒。"

"岂敢。"

"你真的不知道？"

"不知道。"我说，"我应该是想都没想过。"

"你觉得这样会不会让他很难堪？"

"那就得他说了才算了。"我说，"写信跟他说你也要去，他就随时可以决定不去。"

"那我就给他写信，让他有机会退出这次旅行。"

一直到六月二十四日晚上，我才再见到波莱特。

"科恩来信了吗？"

"当然。他对这次旅行可是充满热情。"

"天呐！"

"连我都觉得很不自在。"

"他说他等不及地要看看我。"

"他会不会以为你是单独去的？"

"不可能。我跟他说了我们大伙儿一起去，迈克和我们一起。"

"他可真了不起。"

"可不是！"

他们估计钱会在第二天汇到。我们约好在潘普洛纳会面。他们准备直接到圣塞瓦斯蒂安，在那里搭火车，全体在潘普洛纳的蒙托亚旅馆汇合。要是他们礼拜一还不到，我们就自己往北去山里的布尔戈特，开始钓鱼了，那儿有去布尔戈特的长途汽车。我写了一份行程计划，好让他们跟上我们。

我和比尔坐早班车离开道赛车站。天气不错，也不太热，旅途一开始就是美丽的田园风光。我们去后面的餐车吃早饭，离开餐车时，我跟乘务员要第一批就餐的午餐券。

"都发完了，现在只有第五批的了。"

"怎么回事？"

那趟列车上，午饭一向最多只供应两批，而且每批都有不少座位。

"都预订完了。"餐车乘务员说，"第五批在三点半供应。"

"这问题可严重了。"我对比尔说。

"给他十法郎。"

"给。"我说，"我们想在第一批用餐。"

乘务员把十法郎放进口袋。

"谢谢您。"他说，"我劝先生们买点三明治。前四批的座位在铁路公司就已经预订出去了。"

"你前途无量，老兄。"比尔用英语对他说，"要是只给你五法郎，我猜你大概会建议我们跳车了事。"

"您说什么？"

"去死吧！"比尔说，"来点三明治，来瓶酒。你告诉他，杰克。"

"送到隔壁车厢。"我告诉他我们的座位。

我们的包间里还有一对夫妇和他们的小儿子。

"我看你们是美国人，是么？"男人问，"玩得好吗？"

"非常好。"比尔说。

"这才是我们应该做的事儿，旅行就得趁年轻。我和孩子他妈早就打算来欧洲，但却耽搁了好久。"

"你要是真想来，十年前就来了。"他妻子说，"你老说什么'先看美国'！随你怎么想，我会说我们看过的地方倒真不少了。"

"说是在这列车上有好多美国人。"男人说，"从俄亥俄州的达顿来，占了七节车厢。去罗马朝圣来着，现在去比亚里茨和卢尔德。"

"原来是他们这帮家伙，朝圣信徒。该死的教徒。"比尔说。

"你们二位是美国哪儿人？"

"我是堪萨斯城人。"我说，"他是芝加哥人。"

"你们都去比亚里茨？"

"不，我们去西班牙钓鱼。"

"哦，我自己向来不喜欢钓鱼，但我老家有很多人喜欢。我们蒙大拿州有几个顶好的钓鱼场，我跟孩子们去过，但是从不感兴趣。"

"你那几回去也没少钓啊。"他妻子说。

他朝我们眨眨眼睛。

"你知道娘儿们是怎么回事。看见一罐烧酒或是一箱啤酒，她们就觉得罪该万死了。"

"男人才那样呢。"他妻子对我们说。她将了将衣服的下摆，弄得舒舒服服的。"为了讨好他，我投票反对禁酒，因为我喜欢在家里喝一点啤酒。但他居然这么说话。这种人还能讨到老婆，真是怪事。"

"喂，"比尔说，"你们知道不？那帮教徒把餐车给包了，要占用到下午三点半。"

"什么意思？他们不能这样。"

"你去找俩座试试。"

"噢，孩子他妈，看来我们最好还是回去再吃顿早饭。"

她站起来，抚平了她的裙子。

"二位年轻人帮忙照看一下我们的东西好吗？走吧，休伯特。"

他们三个到餐车去了。他们刚走不久，茶房穿过车厢通知第一批乘客用餐了，那批信徒和几位神父开始成群结队通过走廊。我们的朋友一家子没有回来。一名男招待端着三明治和一瓶夏布利白葡萄酒经过我们这节车厢的走廊，我们招呼他进来。

"今天你可是有得忙了。"我说。

他点点头。

"现在十点半，他们开始了。"

"我们什么时候能吃上？"

"哼！我又什么时候能吃上？"他放下酒瓶外加两个杯子，我们付了三明治的钱和小费。

"一会儿我来收盘子。"他说，"或者你们顺手给带过来。"

我们一边就着三明治喝夏布利酒，一边看着窗外的乡野风光。庄稼刚刚开始成熟，地里开满了罂粟花。绿茵茵的牧场，茂密的树木，树丛中间时不时闪过河流和古堡。

我们在图尔下车买了瓶酒。等我们回到包间，从蒙大拿来的先生及其妻子和儿子休伯特已经舒舒服服地坐在里面了。

"比亚里茨有好浴场吗?"休伯特问。

"这孩子不泡在水里就不行。"他母亲说，"这么小的孩子出门旅行真够呛。"

"那里游泳倒是很不错。"我说，"不过风浪大的时候挺危险。"

"你们吃到饭了?"比尔问。

"当然。他们进来的时候我们已经坐好了，他们肯定以为我们是他们一伙的。一个男招待跟我们说了几句法语，他们就打发其中的三个人回去了。"

"他们以为我们是磕头虫呢。"那个男的说，"这就可见天主教会的权势。可惜你们两位不是天主教徒，不然你们就能吃上饭了。"

"我是天主教徒。"我说，"就是因为这个，我才这么生气。"

我们等到四点一刻才吃上午饭。比尔最后发火了，他拦住了一位神父，他正领着一群吃完饭的教徒往回走。

"什么时候能轮上我们这些新教徒吃饭，神父?"

"这我就不清楚了。你拿到就餐券了没有?"

"这已经足以逼一个人去投奔三K党了。"比尔说。神父回头瞪了他一眼。

男招待在餐车里供应第五批套餐。给我们端菜的那个男招待已经汗流浃背了，他的白外套腋窝那儿都被染成紫色了。

"他一定是喝了不少葡萄酒。"

"要不他穿了件紫红色内衣。"

"我们问问他。"

"别问啦，他太累了。"

火车在波尔多停了半个小时，我们下车出站溜达了一会儿。不过，没时间进城了。之后，列车穿过兰兹省，我们看到了日落。松林中有一道道宽阔的防火带，看上去像一条条街道，远处是密林覆盖的山丘。我们七点半左右吃到了晚饭。在餐车里，从敞开的窗户望着外面的原野，看见的都是长着松树的沙地，到处布满了石楠。

有几处空地坐落着几幢房屋，时不时的会经过一个锯木厂。天色变暗了，但我们仍能感觉到窗外那片炽热、黑暗、多沙的原野。九点左右，我们开进了巴荣纳。那对夫妇、还有休伯特，跟我们握手道别。他们还要继续，到拉内格里斯镇转车去比亚里茨。

"行了，祝你一切顺利。"那位男的说。

"在那儿看斗牛要小心。"

"也许我们在比亚里茨还能碰面。"休伯特说。

我们背着旅行包和钓具袋下了车，穿过昏暗的车站，走向亮光，广场上排着一列出租马车和旅馆的接客大巴。罗伯特·科恩跟那些旅馆接待员站在一块儿，起初没看见我们，后来他才迎上前来。

"嗨，杰克。一路好么？"

"很好。"我说，"这位是比尔·格伦迪。"

"你好！"

"走吧。"罗伯特说，"我已经雇好一辆马车了。"他有点近视，以前我从没注意到。他紧盯着比尔，想看个仔细，他也挺不好意思的。

"咱们都去我住的旅馆吧，还可以。应该说是相当不错。"

我们上了马车，车夫把旅行包放在他身旁的座位上，爬上驾驶座，抽了个响鞭，我们穿过漆黑的大桥，进了城。

"见到你实在太高兴了。"罗伯特对比尔说，"杰克跟我讲过很多你的事儿，我还读过你的那几本书。你给我带鱼线了没有，杰克？"

马车在旅馆门前停下，我们下车走进旅馆。旅馆很舒适，前台接待员都非常和蔼。我们每人弄到了一个不错的小间。

第十章

　　早晨，阳光明媚，人们在城里街道上洒水。我们在一家咖啡馆里吃了早饭。巴荣纳是座漂亮的城市，就像一座一尘不染的西班牙小城浮在一条大河的水面一样。大清早，横亘大河的桥上就已经相当热了。我们走上大桥，然后穿过城市。

　　对迈克尔的钓竿能否按时从苏格兰捎来，我完全没有把握，所以我们沿途寻找钓鱼用具商店，最后在一家绸缎店楼上给比尔找到一根。卖钓具的人出门了，我们得等他回来。最后等到了，我们买到一根又好又便宜的钓竿，还弄了两张抄网。

　　我们走上街头去看了大教堂。科恩说，它是很典型的什么什么式教堂，我忘了。大教堂看上去很精美，像西班牙小教堂那样，精美而又阴暗。随后我们继续往前走，经过一座古老的堡垒，出城来到当地的旅游联合会办事处，据说公共汽车就从那里出发。那里的人告诉我们，要到七月一日才开始通车。我们在游客咨询处打听雇车去潘普洛纳的价钱，并在市剧院拐角的一个大车库那里，花四百法郎雇到一辆，车子四十分钟后到旅馆来接我们。我们回到吃早饭的广场上那家咖啡馆，喝了一杯啤酒。天气炎热，但坐在咖啡馆里很舒服，城里有清晨的那种凉爽、清新的气息。一阵微风吹来，你能感觉到这阵风是来自大海的。广场上有鸽子，房屋是黄色的，是那种被太阳烤焦的黄色。我舍不得离开咖啡馆，但我们得去旅馆收拾行装，结账。我们打了一次赌，输的人付酒账，好像是科恩给的钱。步行回到旅馆，我和比尔每人只付了十六法郎，外加百分之十的服务费。我们吩咐把行李送下楼，然后等着罗伯特·科恩下来。正等着的时候，我看见镶木地板上有只蟑螂，至少有三英寸长。我指给比尔看，然后一脚踩了上去。我们一致认为它肯定是刚从花园爬进来的。这家旅馆确实是很干净。

科恩终于下楼来了，我们一起出门向汽车走去。这是一辆有篷的大轿车，司机穿一件蓝领子、蓝袖口的白色风衣，我们让他把后篷放下。他堆好旅行包，我们便出发了，沿着大街出城。我们经过几处漂亮的花园，又回望了整个城市，然后就进入了乡间，开上了到处绿油油又而起伏不平的公路。一路向上爬行，碰见许多赶着牲口或牛车的巴斯克人。还看见很多精致的农舍，低低的屋顶，白白的墙壁。巴斯克地区的土地看起来都很肥沃，一片翠绿；房屋和村庄也让人觉得这儿既富裕又整洁。每个村庄都有一个回力球场，孩子们在一些球场上顶着烈日玩耍。教堂墙上挂着牌子，写着：禁止往墙上打回力球。村里的房子清一色的红瓦。随后公路拐了个弯，开始向上攀登。我们紧傍着山坡前行，山坡下面是河谷和小山，往后一直延伸到大海。你在这儿还看不到海，太远了，只能看见重峦叠嶂，但是能知道海的方向。

我们要越过西班牙国境线了。这儿有一条小溪和一座桥，一侧是西班牙的卫兵，头戴拿破仑式漆皮三角帽，背着短枪；另一侧是肥胖的法国兵，戴着平顶帽，留着小胡子。警戒线两边各有一家杂货铺和一家小客栈。他们只打开了一个包，并且把我们的护照拿进哨所核对。司机得去哨所里面填写几张出车登记表，于是我们下车到小溪边去看看有没有鳟鱼。比尔试着和一个卫兵讲了几句西班牙语，但是看起来效果不佳。罗伯特·科恩用手指着小溪，问里面有没有鳟鱼，卫兵说有，但是不多。

我问他钓过没有，他说没有，他不感兴趣。

这时，有个老头儿迈着大步走到桥头。他的长发和胡子是被阳光烤过的那种黄色，衣服像是用粗麻袋缝的。他手拄一根长棍，背上背着一只绑着四腿、耷拉着脑袋的小山羊。

卫兵挥动着佩刀喊他回来。老头儿转过身来什么都没说，沿着通往西班牙的白色大路径直往回走。

"这老头儿怎么啦?"我问。

"他没有护照。"

我递给卫兵一支烟，他接过去，说了声谢谢。

"那他怎么办呢?"我问。

卫兵往地上啐了一口。

"噢，他会直接蹚水过河。"

"你们这里有很多走私的吗?"

"嗯，"他说，"越境的还不少。"

司机出来了，他把证件叠好，放进上衣的内袋。我们全都上了车，驶上尘土飞扬的白色大路，开进西班牙。一开始，景色几乎同之前的一样；后来，我们沿着蜿蜒的山路迂回爬行，穿过山脊垭口，才到了真正的西班牙。这里有连绵的褐色群山，山上有一些松树，远处山坡上有几片山毛榉林。公路从垭口顶部翻过，然后下降。有两头毛驴躺在路中间打瞌睡，为了不撞上，司机不得不又按喇叭，又减速，从路边绕过去。我们下了山，继续向前，穿过一片栎树林，里面有一群白色的牛在吃草。在那下面是大草原和清澈的溪流。我们越过一条小溪，穿过一个幽暗的小村子，然后又开始爬山。我们一路爬呀，爬呀，又翻过一个山脊垭口，然后顺着拐过去，公路向右边转弯下山。我们看见南面另外一道山脉截然不同的全貌，一片褐色，像是被烤焦了一样，沟壑纵横，千姿百态。

不一会儿，我们钻出了群山。公路两侧绿茵成行，还有一条小溪和一片熟透了的庄稼。继续往前，白色的大路直通远方。之后地势有些上升。左边远处是一座小山，山上有座古堡，四周紧紧地围着一圈建筑；遍野的庄稼随风起伏，一直鼓涌到墙脚下。我跟司机一起坐在前排，转过身看见罗伯特·科恩在打瞌睡，比尔却一路看着，一路频频点头。接着，我们穿过一片开阔的平原。右侧远处有条大河，在阳光的照耀下，粼粼波光在树与树的缝隙间闪烁着。你能远远地看见潘普洛纳高地在平原背后隆起，还有城墙、褐色的大教堂和其他教堂参差不齐的轮廓。高地后面是山，四下望去，到处都是山。白色的公路向前延伸，穿越平原直达潘普洛纳城。

我们开进了高地另一侧的城市，陡然上升的公路两侧绿树成荫，尘土飞扬。穿过老城墙外、人们正在建设的新城区时，公路又陡然下降。我们路过了斗牛场，这是一座高大的白色建筑，在阳光里显得很敦实。接着，我们从一条小路进了大广场，在蒙托亚旅馆门口停了车。

司机帮我们卸下行李，一群孩子围着我们的汽车看。广场上很热，树木郁郁葱葱，旗杆上悬着的一些旗帜裹在旗杆上。拱廊型的街道围绕着广场，躲在那下面找个阴凉地儿避开阳光倒是很舒服。蒙托亚看见我们很高兴，跟我们握手，给我们安排了窗户朝向广场的好房间。然后我们洗脸洗澡，收拾干净，下楼到餐厅吃午饭。司机也在这吃了午饭。饭后，我们给了他车钱，他就上路返回巴荣纳。

蒙托亚旅馆有两个餐厅，一个在二楼，可以饱览广场；另一个比广场的地面还低一层，有扇门通往后巷。牛群清晨跑向斗牛场的时候，会经过这条巷子。地下餐厅一直很凉快，我们午餐时饱饱地吃了一顿。到西班牙的第一顿饭往往让人震惊，有好几碟冷盘小吃、一道鸡蛋做的菜、两道荤菜、几味蔬菜、凉拌生菜，还有点心和水果。要把这些都吃下去，还真得喝不少酒。罗伯特·科恩想说不要第二道荤菜，可是我们没给他翻译，所以女招待给他换了另一道菜，好像是一碟冷肉。科恩自从在巴荣纳跟我们会合以来，一直紧张兮兮的。他不晓得我们是否知道波莱特在圣塞瓦斯蒂安时是跟他在一起，这事儿让他尴尬。

"对了，"我说，"波莱特和迈克尔今晚就该到了。"

"我看不一定。"科恩说。

"为什么？"比尔说，"他们当然会来。"

"他们老是迟到。"我说。

"他们更有可能根本就不来了。"罗伯特·科恩说。

他说话时带着一种未卜先知的口气，把我们俩惹毛了。

"我和你赌五十比塞塔，他们今晚就到。"比尔说。他一生气就打赌，所以经常犯傻。

"赌就赌。"科恩说，"好。杰克，你记住。五十比塞塔。"

"我自己会记住的。"比尔说。我看他真生气了，想让他消消气。

"他们肯定会来的。"我说，"但不一定今晚到。"

"你想反悔吗？"科恩问。

"不。干吗要反悔？你要想赌，就赌一百。"

"好，没问题。"

"够了。"我说，"再多的话，你们就得要我做中间人，让我提成了。"

"我没意见。"科恩说，他笑了，"反正打桥牌，你也能赢回去。"

"你还没赢到手呢。"比尔说。

我们走出门外，从街道拱廊绕到伊鲁涅咖啡馆去喝咖啡。科恩说他要去刮刮脸。

"你说。"比尔对我说，"我能赢么？"

"你的运气可是糟透了，他们到哪儿也没准时过。如果他们的钱没汇到，今晚就绝对到不了。"

"我一张嘴，立即就后悔了，可我就是得跟他较真。我看他这人不坏，可他搞得什么都很清楚似的——迈克尔和波莱特是跟我俩说好了要来的，不是么？"

我看见科恩从广场上走来。

"他来了。"

"噢，得让他改一改这种目空一切和犹太人的臭毛病。"

"理发店关着门。"科恩说，"四点才开。"

在"伊鲁涅"，我们坐在舒适的柳条椅里喝咖啡，在凉爽的拱廊下望向大广场。过了一会儿，比尔跑回去写几封信，科恩去了理发店。理发店还是没有开门，所以他决定回旅馆去洗个澡。而我呢，还在咖啡馆门外坐着，后来又在城里走了走。天气很热，我总拣街道背阴的一侧走。穿过市场，又看了一圈这座城市，很是惬意。我走进市政厅，找到每年都给我预订斗牛票的那位老先生，他已经收到我从巴黎寄来的钱，续订好了门票，所以一切都安排妥了。他自己是个档案保管员，城里的全部档案都放在他的办公室里，这和这段故事没什么关系。噢，他的办公室有一道绿粗呢包的门和一道厚实的大木门。我走出来时，丢下他一人坐在排满四壁的档案柜中间。我关上那两道门，走出大楼正要上街，这时候看门人拦住了我，帮我掸掉外衣上的灰尘。

"你肯定坐过汽车了。"他说。

领子后面和两肩上都沾满了尘土，蒙上了一层灰色。

"从巴荣纳来。"

"哎呀。"他说，"从你这一身灰尘我就知道你坐过汽车了。"于是我给了他两个铜币。

在街道的尽头，我看见那座大教堂，就径直走过去。第一次看见这座大教堂时，觉得它的样子真是难看得可以，可是现在我却很喜欢。走进教堂，里面很幽暗，几根柱子高高地竖着。有做祷告的人，有熏香的味道，还有几扇漂亮的大花玻璃窗。我跪下开始祈祷，为我能想起来的所有人祈祷：波莱特、迈克尔、比尔、罗伯特·科恩和我自己、所有的斗牛士；我所钟爱的斗牛士单独——祈祷，其余的人就拢在一块儿了，然后又为自己祈祷了一遍。但给我自己祈祷的时候，感觉自己昏昏欲睡，所以就祈求这几场斗牛会很精彩，狂欢节能够热热闹闹的，保佑我们能多钓几次鱼。我在寻思还有什么别的事要祈祷的，要是能再有点儿钱也不错，所以我祈祷能大发一笔。然后我就开始想该怎么发财。一想到弄钱，我就想到了伯爵，想他现在在哪里——那天晚上在蒙马特之后就没再见过他，开始感到遗憾。还想起波莱特告诉我有关他的一些可笑的事儿。这么长的一段时间里，我一直跪着把前额顶在面前长木凳的靠背上，想到自己还在祈祷，就感到有点惭愧，为自己是一个糟透了的天主教徒惭愧。但是意识到我自己对有心无力，至少是现在，或是永远。不管怎样，天主教终究还是一种伟大的宗教，只希望我能心怀虔诚，或许下次来的时候我能做到。随后我走出教堂，站在门口的台阶上。在灼热的阳光下，我能感觉到右手的食指和拇指依然汗渍渍的，我能感到它们在太阳下被烤干。阳光火辣辣的，我贴着一些楼房，顺着巷子走回旅馆。

晚上吃饭时，我们发现罗伯特·科恩已经洗过澡、刮过脸了，理了头发，还洗了头，然后还抹了点什么东西好让头发不支棱起来。他很紧张，我也懒得管他。圣塞瓦斯蒂安来的火车应该九点到达，如果波莱特和迈克尔来的话，他们就该坐这班车。九点差二十分的时候，我们还没有吃到一半，罗伯特·科恩就从饭桌边站起来，说要去车站。我存心想捉弄他一下，就说要陪他一起去。比尔说，要他扔下晚饭跑出去还不如宰了他，我说我们很快就回来。

我们步行到车站，科恩紧张兮兮的样子让我有种幸灾乐祸的感觉，我希望波莱特在这班火车上。火车晚点了，我们坐在外面行李推车上等着，四下一片漆黑。在和平年代，我可从来没见过谁像罗伯特·科恩这么紧张，还这么急切的，我觉得挺好玩的。这种幸灾乐祸是卑劣的，可我的确幸灾乐祸了。科恩就有这种神奇的能力，他能刺激任何人，使之表露出一种劣根性。

过了一会儿，我们听见高地另一头远远传来汽笛声，然后看见火车的前灯从山坡上一路驶来。我们走进车站，挨着出站口，和人群挤在一起。火车进站停下，人们开始从出站口出来。

他们并不在人群当中。我们一直等到所有乘客都出了站，上了公共汽车、出租马车或者和他们的亲朋好友一起穿过黑暗走向城里。

"我就知道他们不会来。"罗伯特说。我们走回旅馆。

"我倒以为他们可能会来。"我说。

我们走进旅馆时，比尔正在吃水果，旁边还有一瓶酒快喝光了。

"没来，呃？"

"没有。"

"明儿早晨给你那一百比塞塔行吗，科恩？"比尔问，"我还没兑换这儿的钱呢。"

"嗨，别放在心上。"罗伯特·科恩说，"我们赌点别的吧。斗牛如何?"

"可以是可以。"比尔说,"但你大可不必呀。"

"这等于拿战争来打赌。"我说,"你不需要考虑任何经济上的利益。"

"我真是等不及想看斗牛了。"罗伯特说。

蒙托亚走到我们餐桌边,他手里拿着一封电报。

"是给你的。"他把电报递给我。

上面写着:夜宿圣塞瓦斯蒂安。

"是他们发的。"我说。我把电报塞进口袋,要在平时我就递给大伙儿看了。

"他们在圣塞瓦斯蒂安过夜。"我说,"问你们好。"

我不知道当时从哪儿来的一种想要捉弄他的冲动。当然,其实我知道。这不过是对他和波莱特之间发生的那点事的一种盲目而又毫不宽容的忌妒。尽管我心里清楚这再正常不过,但也不能改变自己的感受。我当时确实恨他。直到午饭时表现出那种居高临下的调调,还去理发、洗头、抹油什么的之前,我并不觉得我会真的恨他。所以我把电报装进了口袋,反正也是发给我的。

"行了。"我说,"我们得乘中午的公共汽车到布尔戈特去。他们要是明晚能到的话,可以随后跟来。"

从圣塞瓦斯蒂安开来的火车只有两班,一班是清晨到,另一班就是刚才我们去接的那班。

"听上去不错。"科恩说。

"我们越早到河边越好。"

"对我来说都一样。"比尔说,"越快越好。"

我们在"伊鲁涅"坐了一会儿,喝了咖啡,然后出去散了会儿步。走到斗牛场,再穿过一片空地,在悬崖边的树丛下俯瞰笼罩在黑暗中的河流。我早早就上床休息了,我猜比尔和科恩在咖啡馆待到很晚,因为他们回来的时候,我已经睡着了。

早上,我买了三张去布尔戈特的公共汽车票。车子按时刻表应该是下午两点开,没有更早的了。我坐在"伊鲁涅"看报,只见罗伯特·科恩穿过广场走来。他走到桌边，在一把柳条椅上坐下。

"这家咖啡馆挺舒服的。"他说，"昨晚你睡得好吗，杰克？"

"睡得跟猪似的。"

"我没睡好。我和比尔在外面待得太晚了。"

"你们去哪儿了？"

"就坐在这里。这儿打烊了之后，我们就去了另外那家咖啡馆。那儿有个老年人会讲德语和英语。"

"是苏伊佐咖啡馆。"

"就是那家，那老头儿看起来人不错。我觉得那家咖啡馆比这家好。"

"那边白天不怎么样。"我说，"太热了。顺便跟你说一声，我已经买好车票了。"

"今天我不走了，你和比尔先走吧。"

"我已经买了你的票了。"

"给我，我去退。"

"五比塞塔。"

罗伯特·科恩拿出一个五比塞塔的银币给我。

"我得留下。"他说，"我恐怕发生了点儿误会。"

"怎么会？"我说，"他们在圣塞瓦斯蒂安一开始玩，没个三四天大概是到不了这儿的。"

"所以说嘛。"罗伯特说，"我担心他们本以为在圣塞瓦斯蒂安跟我碰头，所以在那里歇脚。"

"你怎么会这么想的？"

"噢，我写信跟波莱特提过。"

"那你他妈为什么不留在那里等他们呢？"我正想这么说，但是又忍住了。我以为他会自己想到这一点，但是看来根本没有。

他现在对我是信任的，他知道我了解他和波莱特的那点事儿，所以可以跟我讲，这让他觉得挺舒服。

"好吧，我和比尔午饭后就走。"我说。

"我真想去。我们整整一冬天都在盼着这次旅行。"他为此很感伤，"但是我应该留下来，真的。等他们一到，我马上带他们去。"

"我们去找比尔吧。"

"我要到理发店去。"

"午饭见。"

我上楼在比尔自己的房间里找到他，他正在刮脸。

"哦，对，他昨儿晚上都跟我说了。"比尔说，"他跟你说话还真是掏心掏肺的。他说他本来跟波莱特约好在圣塞瓦斯蒂安碰面。"

"这个撒谎的杂种！"

"啊，别这样啊。"比尔说，"别发火。别刚开始旅行就一肚子火。话说回来，你到底怎么认识这个家伙的？"

"别提了。"

比尔的胡子刚刮了一半，他回头看了看，然后一边在脸上抹泡沫，一边对着镜子继续说。

"去年冬天你不是叫他来纽约找我给我捎信么？谢天谢地，幸好我不在，我经常外出旅行。你就没有别的犹太朋友可以带出来旅行的？"比尔用大拇指摸摸下巴，又看了看，然后继续刮。

"你自己也有不少朋友嘛！"

"是啊。有几个挺棒的，但是跟这个罗伯特·科恩可比不了。有意思的是，他人倒还不错，我喜欢他。不过他也真是够要命的。"

"他有时候也他妈挺好的。"

"我知道，这才可怕呢。"

我哈哈大笑。

"没错。笑吧。"比尔说，"昨天晚上你可是没跟他在外面一起待到两点钟啊。"

"他的心情很差？"

"真吓人。他和波莱特到底是怎么回事？她跟他有过什么关系吗？"

他抬起下巴，用手左右转动了一下。

"当然，她跟他一起去过圣塞瓦斯蒂安。"

"太蠢了，她为什么这么干？"

"她想离开城市一段时间，可就她一个人的话哪儿也去不成。她说她以为这样会对他有好处。"

"还真他妈有人会干出这么蠢的事儿，她怎么不和自己的家里人一起去呢？或者和你？"——他把这句一带而过——"或者和我？为什么不和我呢？"他对着镜子仔细看着自己的脸，在两侧颧骨上各涂上一大摊泡沫。"这是张诚实的脸，是一张任何女人都可以信任的脸。"

"她可从没见过。"

"她应该看一看的，所有女人都该看看，全国的大银幕上统统都该放上这张脸。每个女人结婚离开圣坛的时候，都应该发一张这样的照片。所有母亲都应该给她们的女儿好好介绍介绍这张脸。我的儿啊。"——他用刮胡刀指着我——"带着这张脸到西部去，和祖国一起成长吧。"

他低下头把脸浸进脸盆，用凉水洗了一把，抹了点酒精，然后仔细看了看镜子里的自己，扯了扯他那片长得很长的上嘴唇。

"天呐！"他说，"这脸丑吧？"

他看着镜子。

"至于这个罗伯特？科恩。"比尔说，"他可真叫我恶心。让他去死吧，他留在这里我他妈挺高兴的，这样我们就不用跟他一起钓鱼了。"

"你他妈说的没错。"

"我们要去钓鳟鱼，去伊拉蒂河钓鳟鱼。现在我们去吃中饭，拿这儿的本地酒把自个儿灌个烂醉，然后上车开始美妙的旅程。"

"走吧。我们先去'伊鲁涅'，然后就出发。"我说。

第十一章

广场上热得跟烤箱一样。午饭后，我们背着旅行包和钓具袋准备出发去布尔戈特。已经有人在公共汽车顶层上了，还有些人正顺着梯子往上爬。比尔爬上顶层，罗伯特在比尔旁边给我占着座。我回旅馆去拿了几瓶酒随身带着，等我出来的时候车上已经是人挤人了。男男女女都坐在车顶的行李和箱子上，天实在是太热，女人们坐在阳光下用扇子扇个不停。罗伯特爬了下来，我马上在他给我占的位置上坐下，坐在横跨顶层的木头长椅上。

罗伯特·科恩站在街道拱廊下背阴的地方等着我们出发。有个巴斯克人怀揣一个大皮酒袋，横躺在我们的长椅面前，背靠着我们的腿。他把酒袋递给我和比尔，我把酒袋倒过来刚要喝，他突然模仿汽车喇叭叫了一声。这一声学得可太像了，又很突然，吓得我把酒都洒出来了，所有人都乐开了。他表示抱歉，还让我再喝点儿。结果他又模仿了一遍，我又上当了。他很擅长口技，巴斯克人喜欢听他的口技。坐在比尔旁边的人跟比尔说起了西班牙语，比尔听不懂，就拿了一瓶酒递给这人。这人摆手推开了酒瓶，他说天太热，而且午饭的时候他就已经喝多了。当比尔第二次递给他的时候，他喝了一大口，然后这瓶酒就在旁边几个人手里传开了。每个人都礼貌性地喝了一口，然后他们叫我们把塞子塞好，把酒收起来。他们都请我们喝他们皮酒袋里的酒，这些人都是到山区去的农民。

听过几次口技的喇叭声之后，汽车终于真的开动了。罗伯特·科恩跟我们挥手告别，所有的巴斯克人也都向他挥手告别。我们刚一开上城外的大路就凉快下来了，高高地坐在车顶，紧紧贴在树下行驶，这感觉非常惬意。汽车开得相当快，风也很大。我们沿着大路前进，一路尘土飞扬，扬起到树上，再飘落到山下。我们回头看那个矗立在河边峭壁上的城市，穿过枝叶，一切尽收眼底。靠着我膝盖躺着的巴斯克人一边用酒瓶指着眼前的景色，一边向我们示意，他点点头。

"挺好看的吧?"

"这些巴斯克人挺不错。"比尔说。

靠在我腿上躺着的巴斯克人皮肤黝黑，像皮马鞍的颜色一样。他跟其他巴斯克人一样，穿一件黑色罩衫。黝黑的脖子上满是皱纹。他转身把自己的酒袋递给比尔，比尔却递给他一瓶我们的酒。巴斯克人摆了摆食指跟比尔比划了两下，用手掌把瓶塞拍紧，递了回来，然后硬把自己的酒袋塞过来。

"举起来! 举起来!"他说，"把酒袋举起来。"

比尔举起酒袋，把头向后一仰，让酒喷射出来，滋进嘴里。他喝完，把酒袋放平，有几滴酒顺着他的下巴往下滴。

"不对! 不对!"有几个巴斯克人说，"不是那么喝的。"酒袋的主人正要亲自给比尔演示一下，另一个人从他手里把酒袋抢了过去。这是个年轻小伙子，他伸直双臂，高高举起酒袋，手一捏皮袋，酒就开始迸射进他的嘴里。他伸开手臂远远地举着酒袋，袋中的酒就沿着水平的轨迹猛烈地喷进他的嘴里，他好整以暇地把酒一口口咽下。

"嘿!"酒袋的主人喊道，"也不看看这是谁的酒?"

喝酒的小伙用小手指朝他摆了摆，望着我们笑笑。然后突然刹住酒柱，迅速把酒袋口朝上翻转，收回手臂送到主人的手里。他向我们挤了挤眼，主人一脸可怜兮兮的样子晃了晃酒袋。

我们穿过一座小镇，在一家旅店门前停下。司机装上几件包裹，然后又继续前进。小镇外的公路开始向上攀行，我们穿行在田间，这里还有嶙峋的石头小山，山势往下延伸和田地相连，庄稼地也向上延伸到山坡。我们现在的地势已经比较高了，风一吹，庄稼随风起伏。白色的道路上尽是尘土，尘土被车轮扬起，弥漫在我们身后。现在，光秃秃的山坡上和河道两旁只有几块零星的庄稼地了。车子突然拐到路边，给骡队让道。六头骡子首尾相衔，拉着一辆满载货物的高篷大车，车上和骡子身上都满是尘土。后面紧跟着另一队骡子和一辆大车，拉的是木材。我们开过的时候，赶骡的车夫身子向后一倒，扳动一个粗大的木制刹车。在这一带，土地相当荒芜，山石嶙峋，烤得硬邦邦的泥地被雨水冲出一道道沟壑。

我们拐入弯道开进一个小镇，两侧突然展开一片宽阔的山谷，满是绿色。一条小溪穿过镇中心，一片片葡萄园与房屋紧紧相连。

汽车在一家旅店门前停下，下了许多旅客。人们揭开车顶的大油布，卸下不少行李。我和比尔下车走进旅店。这屋子挺矮，光线也很差，里面堆着马鞍、马具和白木干草叉。屋顶上挂着一串麻绳缀底的帆布鞋，还有火腿、腊肉、白色的大蒜和长长的香肠。屋里阴凉、昏暗。我们站在木头长柜前，柜台里有两个女人在卖酒。她们背后是货架，整齐地摆放着各种商品。

我们每人喝了杯白酒，一共四十生丁。我给了女掌柜五十生丁，多的算小费，但她以为我是听错价钱了，找给我一个铜币。

两位同路的巴斯克人走进来，非要请客。他们请了我们一杯，我们也请了他们一杯。他们拍拍我们的背，又请了一轮，我们也同样再请了一轮。最后我们一块儿出来，走到炽热的阳光下，爬上车去。现在空座位多得是，大家都有座儿。刚才那个躺在铅皮车顶上的巴斯克人现在坐在我俩中间。卖酒女人走了出来，一边在围裙上擦手，一边和汽车里的一个人说话。司机晃着两个空的皮制邮袋走出旅店，爬上汽车。车子发动时，车下的人都向我们挥手。

顺着大路，我们随即离开绿色的山谷，又驶入山间。比尔和抱着酒袋的巴斯克人聊天。有一个人从椅子后面凑过来用英语问我们："你们是美国人？"

"是啊。"

"我在那儿待过。"他说,"四十年前。"

这是个老头,皮肤同其他人一样黑,留着短短的白胡子。

"那儿怎么样?"

"什么?"

"美国怎么样?"

"哦,我那会儿是在加利福尼亚。是个好地方。"

"你为什么离开了?"

"啊?"

"为什么回到这儿来了?"

"哦,回来结婚呀。我本来打算再回去,可我老婆她不喜欢出门。你是哪里人?"

"堪萨斯城。"

"我去过。"他说,"我去过芝加哥、圣路易、堪萨斯城、丹佛、洛杉矶和盐湖城。"

他仔细地念着这些地名。

"你在美国待了多久?"

"十五年。然后回来结婚了。"

"喝口酒?"

"好。"他说,"美国没有这种酒吧,呃?"

"有的是,只要你买得起。"

"你上这儿干什么来了?"

"我们去潘普洛纳过节。"

"你喜欢看斗牛?"

"当然。你不喜欢?"

"喜欢。"他说,"我觉着我挺喜欢的。"

过了了会儿,他又问:"你现在上哪儿?"

"到布尔戈特钓鱼去。"

"不错。"他说,"但愿你能钓上。"

他跟我握握手,转身重新在后排座位上坐好。他和我聊天引起

了其他巴斯克人的关注。他舒舒服服地坐着，每当我欣赏田间风光
转过头时，他总对我微笑。但是刚才说了一通英语似乎是把他累着
了，后来他再也没说什么了。

汽车沿公路不断地爬升。这儿的山间荒芜贫瘠，大大小小的石
块儿从泥土中脱颖而出，路旁寸草不生。回头能看见这片田野在山
下扩展开来，田野背后远处的山坡上是一块块绿棕两色相间的田地。
褐色的远山奇形怪状，与天际相连。随着我们不断的攀升，天际的
轮廓也相应变化。汽车沿公路缓缓上行，我们能看到南边出现了另
一些山。公路到达山顶，渐渐平坦，伸入一片树林。这是一片软橡
木树林，一片斑驳的阳光透过树丛，牲畜在树林远处吃草。我们钻
出树林，公路顺着一个高岗拐弯，前方是一片起伏的绿色平原，背
后是暗淡的群山。这和被我们甩在身后的那些被烤成了焦褐色的山
不同，树高林密、云遮雾罩。绿色平原往前延伸，被栅栏分割成一
块一块的。两行树纵贯平原指向北方，当间露出一条白色的大路。
我们到达高岗的边缘时，布尔戈特红顶白墙的房屋连成一片出现在
前面平原上；远处，龙塞斯瓦列斯的修道院的灰色铁皮房顶浮现在
头一座颜色暗淡的高岗上。

"那边就是龙塞沃。"我说。

"哪儿?"

"那边数过去头一座山上就是。"

"这儿真冷。"比尔说。

"这儿地势高。"我说，"肯定有一千两百米了。"

"冻死了。"比尔说。

汽车驶下山岗，驶在笔直的公路上，直奔布尔戈特。我们穿过
一个十字路口，跨过一座架在溪流上的桥。布尔戈特的房屋夹在公
路两边，没有一条支巷。我们驶过教堂和校园，汽车停下来，我们
下了车。司机把我们的旅行包和钓具袋递了下来。一名头戴三角帽，
身上佩着黄色交叉皮带的缉私警察走了过来。

"里面是什么?"他指指钓具袋。

我打开给他看，他要我们出示钓鱼许可证。我掏出来，他看了

一下日期，就挥手让我们通过。

"这就完事了？"我问。

"是的，当然。"

我们顺着大街去旅店，路过一些刷成白色的石头房屋，一家家坐在门口看着我们。

开旅店的胖女人从厨房出来跟我们握手。她摘下眼镜，擦了擦，再戴上。外面开始刮风了，旅店里很冷。女掌柜打发一个姑娘陪我们上楼去看房间。屋里有两张床、一个脸盆架、一个衣柜，还有一副镶着龙塞斯瓦列斯圣母的钢制版画的大镜框。这间房在旅店的北面，风吹打着百叶窗。我们洗漱完，穿上毛衣，下楼来到餐厅。餐厅地上铺的是石块，天花板很低，墙上贴着栎木壁板。百叶窗都关上了，屋里冷得能看到呵出的热气。

"天呐！"比尔说，"明天可别这么冷。这种天气我可不愿意下河蹚水。"

在屋子尽头的一角，有一架立式钢琴摆在几张木头桌子后面。比尔走过去开始弹起来。

"我得暖和暖和。"他说。

我出去找女掌柜，打听食宿费用。她把两手插在围裙下面，没正眼看我。

"十二比塞塔。"

"怎么？在潘普洛纳也只要这么多。"

她没出声，只是摘下眼镜，在围裙上擦了擦。

"太贵了。"我说，"我们住大宾馆也不过这么多钱。"

"我们把浴室算在内了。"

"你们有便宜点的房间么？"

"夏天没有，现在正是旺季。"

旅店里只有我们这两个旅客。算了，我想，反正就几天。

"酒也包括在内吗？"

"哦，是的。"

"好。"我说，"行吧。"

　　我回去找比尔，他对着我呵气，好让我看看屋里有多冷，然后又继续弹琴。我坐在一张桌子边看着墙上的画，画上有些兔子，都是死的；另一幅画的是些雉鸡，也是死的；还有一幅画的是些死鸭子。这些画的色泽都很暗淡，像是烟熏过一样。橱柜里摆满了瓶装酒，我一瓶一瓶挨个儿看了一遍。比尔一直在弹琴。

　　"来杯热的混合甜酒怎么样?"他说，"弹琴取暖可撑不了多久。"

　　我出去告诉女掌柜混合甜酒什么样，怎么做。几分钟之后，一个姑娘端了一个热气腾腾的大壶走进屋子。比尔从钢琴边走过来，我们喝着热甜酒，听着呼呼的风声。

　　"这里头可没多少朗姆酒哇。"

　　我走到橱柜前，拿出一瓶朗姆酒，往罐子里倒了半杯。

　　"直接行动。"比尔说，"比申请批准来得快。"

　　姑娘进屋摆桌子准备开饭。

　　"这里的风真他妈的大。"比尔说。

　　姑娘端来一大碗热菜汤和葡萄酒。后来我们吃了煎鳟鱼、一道炖菜和满满一大碗野草莓。酒钱上我们可没吃亏。姑娘很腼腆，但是很愿意给我们拿酒。女掌柜来看了一眼，数了数空酒瓶。

　　吃完饭我们就上楼了，抽了会儿烟。为了暖和点，我们躺到床上去看了会儿书。半夜里我醒了一次，听见了刮风的声音。躺在热被窝里的感觉真是舒服。

第十二章

　　早上我一醒来就到窗前往外看。天已经放晴了，山上的云雾也已经没有了。外面窗下停着几辆两轮马车和一辆旧驿车，驿车篷顶上的木板因为风雨侵蚀已经破破烂烂了，它肯定是人们开始用公共汽车之前就被遗弃在这儿了。一只山羊跳到一辆两轮马车上，然后跳上驿车的篷顶，向下面其他山羊伸伸脑袋，我朝它一挥手，它就蹦了下来。

　　比尔还在睡觉，所以我穿好衣服，到走廊才穿上鞋，然后下楼去。楼下一点儿动静都没有，我拉开门闩走了出去。大清早，外面很凉，大风之后凝结的露水还没被太阳晒干。我到旅店后面的小棚里转了一圈，找到一把鹤嘴锄，走到溪边想挖些蚯蚓做鱼饵。溪水清澈见底，但不像是有鳟鱼样子。潮湿的小溪边长满了草，我用锄头朝地里挖下去，撬松了一块草皮，下面有蚯蚓。我刚把草皮拎起，它们就溜走了。我只好小心翼翼地挖，挖到了好多。在这块湿地边，我挖满了两个空烟草罐，在上面撒上点细土。那几头山羊一直在看着我挖。

　　回到旅店，女掌柜在楼下厨房里，我吩咐她给我们送咖啡，然后准备午饭。比尔已经醒了，坐在床沿上。

　　"我从窗口看见你了。"他说，"不想打搅你。你干吗呢？把你的钱埋起来?"

"你这个懒鬼!"

"是在为我们的共同利益努力呀?太好了。我希望你天天都这样。"

"快点。"我说,"起来吧。"

"什么?起来?打死也不起来。"

他钻进被窝,把被子一直拉到下巴边。

"试试能不能说服我起来。"

我只管找出渔具,把它们通通装进渔具袋里。

"不感兴趣?"比尔问。

"我下楼吃饭去了。"

"吃饭?你怎么不早说?我以为你叫我起床是闹着玩的。吃饭?太好了。现在你才算讲理了。你出去再挖点虫子,我这就下楼。"

"滚你的!"

"为了我们大家好嘛。"比尔穿上他的内衣,"俏皮点,表示一下怜悯之心嘛。"

我拿上渔具袋、抄网和钓具袋走出房间。

"嘿!回来!"

我把头伸进门里。

"你就不能表现得俏皮点,有点怜悯之心嘛?"

我用拇指顶在鼻子尖上。

"这可不算什么俏皮。"

我下楼的时候,听见比尔在唱,"俏皮和怜悯。当你感到……来,给他们来点俏皮的,再来点儿点怜悯的。来,给他们来点俏皮的,当他们感到……就这么来点儿俏皮的。来点儿怜悯……"他从楼上一直唱到楼下,用的是《钟声为我和我的姑娘而鸣》的调子。我正在看一份一礼拜前的西班牙报纸。

"这一堆俏皮、怜悯什么的是什么意思?"

"什么?你难道不知道什么是《俏皮和怜悯》?"

"不知道,这是谁编出来的?"

"人人都会。整个纽约都着迷了，就像以前对弗拉蒂利尼杂技团一样着迷。"

姑娘端着咖啡和涂黄油的土司进来，或者还不如说是烤过的面包片涂了黄油。

"问问她有没有果酱。"比尔说，"对她俏皮点。"

"你们有果酱吗?"

"这算哪门子俏皮啊，我会说西班牙语就好了。"

咖啡很好，我们是用大碗喝的。女招待用玻璃碟端来覆盆子果酱。

"谢谢。"

"嗨! 不是这么说的。"比尔说，"说些俏皮话。说点儿挖苦普里莫·德·里维拉的话。"

"我可以问问她，他们在里弗山脉陷到了什么样的果酱里去了。"

"你不行。"比尔说，"太差劲了。你不会说俏皮话，真是不会。你不懂得什么叫俏皮，你也没什么怜悯之心。说点怜悯的话吧。"

"罗伯特·科恩。"

"不错，好点儿了。那么科恩为什么可怜呢? 说得俏皮点。"

他喝了一大口咖啡。

"去你的!"我说，"大清早的，耍什么嘴皮子。"

"行了，你还说什么要当个作家呢。你也就是个记者，一个流亡国外的新闻记者。你必须一起床就能耍嘴皮子，一睁眼就满嘴怜悯话儿。"

"继续啊。"我说，"你跟谁学的这套乱七八糟的?"

"所有人。你不看书读报么? 不跟人打交道? 知道你算老几? 你这个流亡者，为什么不住在纽约? 然后你就能明白这些事情了。你想让我怎么办? 每年赶到法国来跟你汇报?"

"再喝点咖啡吧。"我说。

"好。咖啡对人有益，是里面的咖啡因在起作用。咖啡因，我们来了，咖啡因把一个男人送上他的马背，又把一个女人送进他的坟墓。你知道你的问题在哪儿么? 你是个流亡者，最惨的那种。你没有听说过吗？没有谁离开了祖国还能写出什么值得发表的东西，哪怕是在报纸上。"

他喝着咖啡。

"你是个流亡者，你已经和故土失去了联系；你变得矫揉造作，虚伪的欧洲观念把你给毁了；你嗜酒如命，你被性的问题纠缠；你整天游手好闲，只会夸夸其谈。你是个流亡者，懂吗？你在咖啡馆中间来来回回地瞎转。"

"听起来这种日子倒挺舒服的。"我说，"那我什么时候工作呢？"

"你不工作。一伙人宣称是一些娘们儿在养活你，另一伙人说你性无能。"

"不对。"我说，"我只不过是碰到了意外。"

"别提了。"比尔说，"这种事情提不得。你该故意卖关子，把人弄得一头雾水，像亨利的那辆自行车那样。"

他一直口若悬河，但到这儿却停下了。我想，他可能觉得刚刚说我性无能这句话伤到我了。但我想让他继续往下说。

"不是自行车。"我说，"他当时骑着马。"

"我听说是辆三轮车。"

"行吧。"我说，"飞机也是一种类似三轮车的玩意，操纵杆和驾驶盘使用的原理一样。"

"但是不用脚踩。"

"对，"我说，"我想是用不着踩。"

"不说了。"比尔说。

"行了。我只不过为三轮车辩护两句而已。"

"我认为亨利也是位出色的作家。"比尔说，"你呢，是他妈一个大好人。有人当面说过你是好人吗？"

"我不是好人。"

"听着，你他妈是个大好人，我喜欢你，超过喜欢世界上任何一个人。这话在纽约不能这么说，别人会说我是个同性恋。美国内战就是因此而引起的。亚伯拉罕·林肯是个同性恋，他爱上了格兰特将军，杰斐逊·戴维斯也是这样。林肯仅仅是因为一次打赌才解放黑奴的。德莱德·斯科特一案不过是反酒吧同盟设下的圈套。性解释了一切。上校太太和朱迪·奥格雷迪原本就是一对儿拉拉。"

他打住了。

"还想听更多的吗?"

"说吧。"我说。

"更多的我也不知道了，中饭时候再给你讲。"

"破比尔。"我说。

"你个瘪三!"

我们把午饭和两瓶酒塞进帆布背包。比尔背上包，我背着抄网，拿着渔具袋。我们先走大路，再穿过一片草地，发现一条小路穿过田野，通往头一座山坡上的小树林。我们走过这条沙路穿过田野，田野地面凹凸不平，长着青草，不过草都被羊群给啃掉了好多。牛群在山上，树林里传出它们脖颈上的铃铛声。

小路通往一架横跨小溪的独木桥。一根原木的上面刨平了，一棵小树被弄弯了插在小溪两头当作栏杆。溪边有一池浅水，小蝌蚪点缀着池底的细沙。我们走上陡峭的溪岸，穿过起伏的田野，回头看见布尔戈特的红顶白墙。白色的公路上跑着一辆卡车，一路尘土翻卷。

穿过田野，我们跨过另一条水流更急的小溪。一条沙子路一头连着浅滩，另一头通向树林。小路在浅滩下游越过另一座独木桥，与沙子路会合，于是我们走进了树林。

这是一片山毛榉林，而且这些树的树龄都不小了。地面上盘根错节，树枝交织缠绕。我们走在这些粗大的老山毛榉之间的路上，阳光穿过枝叶星星点点撒在草地上。树枝粗壮，树叶肥厚，但林子里倒并不幽暗。这儿没有灌木丛，只有鲜嫩欲滴的、平坦的草地；灰色的大树排列整齐，像公园里那样。

"这才是乡下。"比尔说。

大路依山而上，我们走进密林，路还是不断攀升。地势有时稍有下降，但马上又陡然上升。一路上我们都能听见树林里牛群的铃铛声。到了山顶，这条路终于穿出了树林。我们到了这一片的最高点，就是那些树木繁茂的群山中的顶峰，我们在布尔戈特远眺过的。在阳面的山坡上，树木之间有一小片空地，长着野草莓。

眼前，大路穿出树林，沿着山脊往前延伸。前面的山上没有树木，而是开着大片大片黄色的金雀花。极目远眺，所见的是陡峭的灰色悬崖，树木林立，色彩灰暗，怪石突兀，这一切都是伊拉蒂河道的标志。

"我们必须顺着山脊上的这条路走，转过这几座山还有远处山上的树林，然后下到伊拉蒂河谷。"我跟比尔说清楚了行程。

"这他妈才叫徒步旅行。"

"路太远了，一天之内要钓鱼，还要走一个来回，可不是什么舒服的事儿。"

"舒服，说得好听。我们得他妈赶来赶去，还得钓钓鱼什么的。"

这是一段很长的行程，景色虽然很优美，但走出山林，到达通往法布里卡河谷的陡峭山路之后，我们已经疲惫不堪了。

大路终于伸出树荫，暴露在了火热的阳光下。前面就是河道，河岸背后耸立着陡峭的山壁。山上有一块荞麦地，坡上有几棵树，树下有一所白色房子。天气很热，我们就在拦河坝旁的树下停住了脚步。

比尔把背包靠在一根树干上，我们把钓鱼竿一节节装上，再安上卷轴，绑好鱼线和钓钩，准备钓鱼。

"你确定这儿有鳟鱼？"比尔问。

"多得是。"

"我要用假蝇饵钓。你有没有麦金蒂蝇饵钩？"

"盒子里有几个。"

"你用蚯蚓钓？"

"对。我就在水坝这儿钓。"

"那我就把蝇饵钩盒子拿走了。"他系上一只蝇饵钩，"我去哪儿好呢？上游还是下游？"

"下游最好，不过上游的鱼也很多。"

比尔沿着河岸朝下游走去。

"带上一罐蚯蚓。"

"不用了，我不要。如果不上钩，我就多下几个地方。"

比尔在下游注视着水流。

"喂。"他喊道，声音压倒了大坝流水的声音，"把酒放到大路边的泉水里怎么样?"

"行。"我大声说。

比尔挥挥手，开始朝下游走去。我从背包里翻出那两瓶酒，拿上往大路走。那儿有一股泉水从一根铁管里流出来，泉水上面有块木板。我拿开木板，把酒瓶的软木塞塞紧，把酒瓶放到水里。泉水很冷，手掌和手腕都冻麻木了。我把木板放回原处，但愿不会有人发现这两瓶酒。

我拿起靠在树上的钓竿，带着蚯蚓罐和抄网走上水坝。修筑水坝是为了造成水流的落差，利用落差产生的力量来运送木材。水闸关着，我坐在一根刨成方形的原木上，注视着坝内尚未形成瀑布的那潭静水。在大坝脚下，飞溅的白沫下面水很深。我挂饵的时候，一条鳟鱼从白沫当中一跃而起，窜进瀑布里，又马上被冲了下去。我还没挂好鱼饵，又有一条鳟鱼窜向瀑布，同样画出一条优美的弧线，随后消失在轰隆隆奔流而下的水流中。我装上一个大铅坠，把鱼线抛进紧靠水坝木闸边白沫翻滚的河水中。

头一条鳟鱼咬钩的时候我根本没注意到，等我要动手收鱼线的时候，才发现已经钓住一条了。它挣扎着，我把它从瀑布脚下翻滚的水中弄出来，抛在大坝上，差点把钓竿折成两段。这条很不错，我把它的头往木头上拍，它抖了几下就死翘翘了，然后我把它放进猎物袋。

我刚把这条鱼捞上来，又有好几条鳟鱼朝着瀑布跃起。我随后装上鱼饵，刚下钩，马上又钓到一条，于是如法炮制把它弄了上来。没多久我就钓到了六条，它们都差不多大。我把它们并排摆在地上，头冲着一个方向。我仔仔细细地打量它们，这些鱼都有漂亮的色彩，而且由于河水冰冷，它们的身子都很硬实。天气很热，所以我把鱼都剖开了，掏出内脏，撕掉鱼鳃什么的，随手扔到河对岸。我把鱼拿到坝边，用水坝里的水把鱼洗干净，这里的水面静谧，水温很低。然后又拣了一些蕨类植物，把鱼全装进袋子——先铺上一层蕨类植物，放上三条鱼，再铺一层，再放上三条，最后再盖上一层。这些鳟鱼裹在叶子里看起来很不错，现在袋子已经装得满满当当了，我把它放在树阴下。

坝上非常热，所以我把蚯蚓罐和袋子一起放在阴凉的地方，然后从背包里拿出一本书，舒舒服服地坐在树下看着，等比尔上来吃午饭。

这会儿刚过正午，树阴的面积不大，我背靠着两棵长在一起的树坐着看书。这是 A. E. W. 梅森写的一本东西。我看的是一篇很有意思的故事，说的是一个男人在阿尔卑斯山中冻僵了，掉进冰川里，从此失踪了。他的新娘只为看一眼他的尸体而打算等上整整二十四年，直等到尸体从冰川乱石里显露出来。与此同时，那个真心爱着她的人也在等待着。直到比尔回来，他们还在等着呢。

"有收获么？"他问道。他一只手拎着钓竿、装鱼的袋子和鱼网，浑身是汗。因为坝上的流水声，我没有听见他走近。

"六条。你呢？"

比尔坐下来，打开袋子，把一条大鳟鱼摆在草地上。他又拿出三条，一条比一条大一点儿，然后把鱼并排放在树阴下。他满脸是汗，不过很得意。

"你的呢？"

"比你的小。"

"拿出来瞧瞧。"

"已经都装好了。"

"说真的，到底有多大？"

"大概都像你最小的那么大。"

"你可别蒙我！"

"我倒是想。"

"都是拿蚯蚓钓的？"

"对。"

"你这个懒蛋!"

比尔把鱼放进袋子,袋子开着口,他一边晃着袋子,一边向河边走去。他的裤子从腰部往下都是湿的,我知道他一定在水里蹚过。

我走上大路,把两瓶酒拿出来,酒已经冰凉了。等我回到树下,瓶子外面凝满了水珠。我把午饭摆在一张摊开的报纸上,打开一瓶酒,另一瓶靠树边放着。比尔一边擦着手一边朝回走,他的袋子里塞满了那些蕨类植物。

"我们来看看这瓶怎么样。"说着,他拔掉瓶塞,把酒瓶举了个底朝天喝了起来。"嗬,辣得我眼睛疼!"

"我尝尝。"

酒透心凉,喝起来还带点铁锈味。

"这酒还行。"比尔说。

"因为都冰透了。"我说。

我们打开那几小包吃的。

"鸡。"

"煮鸡蛋。"

"找着盐了吗?"

"先来个鸡蛋。"比尔说,"然后吃鸡。这个连布赖恩都懂。"

"他去世了,我昨天在报上看到的。"

"不、不会吧?"

"真的,他死了。"

比尔放下手里正在剥的鸡蛋。

"先生们。"他说着,拿出裹在一小片报纸中的一只鸡腿,"我来换一下顺序。为了布赖恩,为了向这位伟大的平民表示敬意,先吃鸡,然后吃鸡蛋。"

"不知道鸡是上帝礼拜几创造的?"

"嘿。"比尔吮着鸡腿说,"我们怎么会知道?我们不该提这些个问题。人生苦短啊,我们还是尽情享受吧,相信上帝,感谢上帝。"

"来个鸡蛋。"

比尔一手拿鸡腿，一手拿酒瓶，比划着。

"为上帝的赐福而欣喜吧。让我们享用天空中的飞禽、葡萄园的佳酿。你要享用一点儿吗，兄弟？"

"你先请，兄弟。"

比尔喝了一大口。

"享用一点儿吧，兄弟。"他把酒瓶递给我说，"不要怀疑，兄弟。我们切不可用猿猴的爪子伸到母鸡窝里去窥探神圣的奥秘。我们还是要认可信仰，只要说——我要你跟我一起说——该说什么，兄弟？"他用鸡腿指着我，继续说。

"我来告诉你。我们得说，而且——作为个人来讲——要自豪地说，我要你跪下和我一起说，兄弟。在这空旷原野下跪，无人需要感到羞愧。记住，森林是上帝最初的圣殿。让我们跪下说：'不要吃，女士——它是门肯。'"

"请吧。"我说，"享用一点儿这个吧。"

我们打开另一瓶酒。

"怎么啦？"我说，"你难道不喜欢布赖恩？"

"我爱死布赖恩了。"比尔说，"我们亲如兄弟。"

"你在哪里认识他的？"

"他、门肯和我都在圣十字架大学一起念过书。"

"还有弗兰基·弗里奇。"

"瞎扯。弗兰基·弗里奇是在福特汉大学念的。"

"啊。"我说，"我和曼宁主教念的是罗耀拉大学。"

"瞎扯。"比尔说，"那是我。"

"你醉了。"我说。

"喝醉了？"

"不然呢？"

"是潮湿的原因。"比尔说，"他们真他妈应该把这儿弄干点儿。"

"再喝点儿。"

"我们就带了这么些？"

"就这两瓶。"

"你知道你是个什么人么?"比尔深情地望着酒瓶。

"不知道。"我说。

"你是反酒吧同盟的雇员。"

"我和韦恩·比·惠勒一起念的圣母大学。"

"瞎扯。"比尔说,"我和韦恩·比·惠勒在奥斯汀商学院同学,他是班长。"

"得了。"我说,"酒吧必须取缔。"

"你说得对,老同学。"比尔说,"酒吧必须关门,我会把它带走。"

"你醉了。"

"喝醉了?"

"喝醉了。"

"噢,大概是吧。"

"想眯一会儿?"

"行啊。"

我们躺下,把头藏在树阴里,望着头顶上的树。

"睡着啦?"

"没。"比尔说,"我在想事儿。"

我闭上眼睛,躺在地上感到很舒服。

"喂。"比尔说,"波莱特怎么样了?"

"什么怎么样了?"

"你爱过她吧?"

"对。"

"多久?"

"断断续续地拖了他妈好久。"

"唉,妈的!"比尔说,"对不起,哥们儿。"

"没什么。"我说,"我也已经不在乎了。"

"真的?"

"真的。不过我他妈最好还是别聊这事儿。"

"那我问起这事儿，你生气了？"

"生气干什么？"

"我要睡觉了。"比尔说。他拿过一张报纸蒙在脸上。

"听着，杰克。"他说，"你真是天主教徒吗？"

"是，按理说应该是。"

"什么意思？"

"不知道。"

"行了，我现在要睡觉了。"他说，"别再叽叽咕咕搞得我睡不成。"

我也睡了，醒来的时候，比尔正在收拾帆布背包。已经接近傍晚了，树影拉得很长，一直延伸到水坝上。在地上睡上一觉，我觉得浑身都僵了。

"你怎么了？醒了？"比尔问，"怎么不睡上一整晚呢？"我伸了下懒腰，揉揉眼睛。

"我做了个美梦。"比尔说，"我不记得梦见什么了，但是个美梦。"

"我好像没有做梦。"

"你得做梦才行。"比尔说，"我们所有的大实业家都是梦想家。你瞧福特，你瞧柯立芝总统，瞧瞧洛克菲勒，再瞧瞧乔·戴维森。"

我卸下我俩的钓竿，收在钓具袋里，把卷轴放进渔具袋。比尔已经收拾好背包，我们把一个鳟鱼袋子放了进去，另一个拎着。

"好。"比尔说，"东西都拿了？"

"还有蚯蚓。"

"你的蚯蚓，放背包里吧。"

他已经把背包背上了，我把两个蚯蚓罐塞进背包外面一个带盖的兜里。

"这回都拿完了吧？"

我朝榆树脚下的草地扫了一眼。

"好了。"

我们出发顺着大路走进树林，回布尔戈特得走很远。我们穿过田野走上公路的时候，天色已经暗下来了，我们沿着夹在房屋之间的大街，到达旅店时已是万家灯火。

我们在布尔戈特逗留了五天，钓鱼钓得很尽兴。晚上冷，白天热，但就算是白天最热的时候也有微风。不过天气也实在太热了，所以在冰凉的溪流里蹚水非常舒服。等你上岸坐一会儿，太阳就把你的衣衫烤干了。我们还发现一条小溪，里面有个可以游泳的深潭。晚上我们跟一个姓哈里斯的英国人打三人桥牌。他是从圣让皮德波徒步走来的，在这家旅店落脚，也打算去钓鱼。他很讨人喜欢，同我们一起去了伊拉蒂河两回。罗伯特·科恩音信全无，波莱特和迈克尔也是。

第十三章

这天早晨，我下楼去吃早饭，那个叫哈里斯的英国人已经坐在餐桌边了，戴着眼镜正在看报。他抬头看着我，对我笑笑。

"早啊。"他说，"有你的信。我路过邮局，他们把你的信跟我的一起给我了。"

信放在我餐桌的座位上，靠着咖啡杯。哈里斯接着看报。我拆开信。信是从潘普洛纳转来的，是礼拜天从圣塞瓦斯蒂安发出的。

亲爱的杰克：

　　我们礼拜五到达此地，波莱特在火车上醉倒了，故带她到我老友处休息了三天。我们礼拜二出发去潘普洛纳蒙托亚旅馆，尚不知道何时抵达。望你写个便条让公共汽车捎来，告诉我们礼拜三如何同你们会合。衷心问候，并因迟到深表歉意。但波莱特实是疲乏过度，礼拜二有望恢复，眼下已然见好。我很了解她，并设法照顾她，但的确不易。问候大家。

迈克尔

"今天礼拜几？"我问哈里斯。

"大概是礼拜三吧。对，肯定是礼拜三。真有意思，在这山里都过迷糊了。"

"哟，我们在这里待了差不多一礼拜了。"

"但愿你还没想过要走。"

"必须走了。恐怕下午就得坐汽车走。"

"真扫兴。我还在想咱们再一起去一次伊拉蒂河呢。"

"我们得去潘普洛纳，去跟伙计们碰面了。"

"真倒霉。咱们在布尔戈特这儿玩得多痛快啊。"

"去潘普洛纳吧。我们可以在那儿打打桥牌，而且也快过节了。"

"我是想去，谢谢你邀请。但是我最好还是在这儿待着。我没有太多时间可以钓鱼了。"

"你是想在伊拉蒂河钓几条大的吧。"

"告诉你吧，你知道，我就这么想的。那儿的鳟鱼可不是一般的大。"

"我倒也想再去试试。"

"试试啊。再待上一天。好哥们儿，听我的。"

"但我们真的必须赶回城去。"我说。

"真可惜。"

早饭后，我和比尔坐在旅店门前的板凳上晒着太阳，正聊这事。我看见一个姑娘，她从通往镇中心的那条大路上走过来，在我们面前停住了，从裙边挂着的皮包里掏出一封电报。

"你们的?"

我看了一眼。收件人栏写的是："布尔戈特，巴恩斯。"

"对。我们的。"

她拿出一个本子让我签收，我给了她几枚铜币。电文是用西班牙语写的："Vengo Jueves Cohn（礼拜四到科恩——译者注）。"

我把电报递给比尔。

"Cohn 是什么意思?"他问。

"真是封烂电报!"我说，"花了同样的钱明明可以打十个词。'我礼拜四到'。就跟有什么内幕消息似的，是不是?"

"凡是科恩感兴趣的内幕消息都爆出来了。"

"我们反正也要去。"我说，"用不着把波莱特和迈克尔弄到这儿来，还要在节前又把他们弄回去。我们要不要回封电报？"

"还是回一个吧。"比尔说，"别搞得目中无人似的。"

我们赶到邮局，要了一张电报纸。

"我们说什么？"比尔问。

"就说'今晚到达'，够了。"

我们付了电报费，走回旅店。哈里斯在那里，我们三个一直走到龙塞斯瓦利斯，参观了整个修道院。

"这真是个不一般的地方。"我们走出来的时候，哈里斯说，"但你们也知道，我对这种地方不太感兴趣。"

"我也是。"比尔说。

"不管怎么说，这个地方还是很不一般。"哈里斯说，"不来看看总是不甘心。我天天都念叨着要来。"

"但比不上钓鱼，对吧？"比尔问，他喜欢哈里斯。

"是啊。"我们站在修道院古老的礼拜堂门前。

"路对面是家小酒馆么？"哈里斯问，"还是我眼睛有毛病？"

"好像是。"比尔说。

"我看也像家酒馆。"我说。

"我说。"哈里斯说，"咱们来享用一下吧。"他从比尔那里学会了"享用"这个词儿。

我们每人喝了一瓶酒。哈里斯不让我们给钱。

他的西班牙语说得相当不错，掌柜不肯收我们的钱。

"我说，你们不明白，对我来说，在这里遇到你们的意义有多大。"

"我们玩儿得很痛快，哈里斯。"

哈里斯有点醉意了。

"我说，你们真的不会明白这有多大的意义。大战以后，我就没怎么觉得快乐过。"

"我们什么时候再一起去钓鱼。你别忘了，哈里斯。"

"说话算话。我们一块儿玩儿得真是痛快。"

"再喝一轮怎么样？"

"好主意。"哈里斯说。

"这回我付钱。"比尔说，"要不然就别喝。"

"我希望还是让我来付。你知道，这样确实能让我高兴。"

"这也会让我高兴。"比尔说。

掌柜拿来第四瓶酒，我们没有换杯子。哈里斯举起酒杯。

"我说，你们知道，这酒享用起来的确不错。"

比尔拍拍他的背。

"哈里斯，老伙计。"

"我说，你们知不知道我其实不叫哈里斯。我叫威尔逊-哈里斯。是个双姓，当中有个连词符，你们知道。"

"威尔逊-哈里斯，老伙计。"比尔说，"我们叫你哈里斯，因为我们太喜欢你了。"

"咳，巴恩斯。你不了解这一切对我来说意义是多么重大。"

"来，再享用一杯。"我说。

"巴恩斯。真的，巴恩斯，一句话：你不可能了解的。"

"干了吧，哈里斯。"

我俩搀扶着哈里斯顺着大路从龙塞斯瓦利斯往回走。我们在旅店吃了午饭，哈里斯送我们到汽车站。他给了我们一张名片，上面有他在伦敦的住址、他的俱乐部和办公地址。我们上车的时候，他给了我们每人一个信封。我打开我的一看，里面有一打蝇饵钓钩，都是哈里斯自己扎的。他的蝇饵钓钩都是自己扎的。

"我说，哈里斯——"我开口说。

"不，不！"他说着，一边从汽车上下去，"根本算不上最好的钓钩。我只是想，哪天你用它来钓鱼，可能会使你们想起我们一块儿度过的这段好时光。"

汽车开动了。哈里斯站在邮局门前挥手。等车子开上了公路后，他才转身走回旅店。

"你说这个哈里斯是不是还挺实诚的？"比尔说。

"我看他真的玩得挺开心的。"

"哈里斯？那还用说！"

"他要是去潘普洛纳就好了。"

"他就想钓鱼。"

"是啊。你没法搞清楚英国人都是怎么相处的。"

"我想是的。"

我们傍晚时到达潘普洛纳，车子在蒙托亚旅馆门前停下。人们在广场上架设过节照明用的电灯线。几个孩子在车停下的时候走上前来，一位本地的海关官员要求所有人下车，并且在人行道上把行李打开。我们走进旅馆，在楼梯上碰到了蒙托亚。他跟我们握手，跟往常一样一脸腼腆的笑容。

"你们的朋友来了。"他说。

"坎贝尔先生？"

"对。科恩先生、坎贝尔先生，还有阿施利夫人。"

他微笑着，好像是觉得我应该听懂了什么似的。

"他们什么时候到的？"

"昨天。我给你们留着原来的房间。"

"太好了。你给坎贝尔先生的房间是朝广场的吗？"

"是的。都是原先我们选的那几间。"

"我们的朋友们现在在哪儿？"

"我想他们大概去看回力球赛了。"

"那些公牛怎么样了？"

蒙托亚微笑着。"今天晚上。"他说，"他们今天晚上七点把维利亚公牛放进牛栏，明天放米乌拉公牛。你们都去看吗？"

"噢，对。他们还没见识过公牛是怎样从笼子里放出来的呢。"

蒙托亚用手搭着我的肩膀。

"到时候见。"

他又微微一笑。他总是笑眯眯的，就好像斗牛是我们俩之间的什么特别秘密一样，一件除了我俩无人知晓的骇人的秘密。他总是笑眯眯的，就好像这秘密对外人来说是件见不得人的丑事，但是我俩却心照不宣。要是把这秘密暴露在不知情的人面前可就没这个效果了。

"你这位朋友，他也是个斗牛迷？"蒙托亚对比尔笑笑。

"对。他是专门从纽约赶来参加圣费明节的。"

"是吗？"蒙托亚表示怀疑，但口气很有礼貌，"他可不像你那么迷。"

他又表情窘迫地把手搭在我的肩上。

"真的。"我说，"他绝对是个斗牛迷。"

"但不是你这样的。"

在西班牙语里 aficion 这个词的意思是"热情"，而 aficionado 是指对斗牛狂热着迷的人。所有的优秀斗牛士都入住蒙托亚旅馆，也就是说，真正狂热的斗牛士都住在这里。靠斗牛挣钱的那些斗牛士或许会光临一次，也就不再来了；优秀的斗牛士却是每年都来。蒙托亚的房间里摆着他们的照片。照片都题上：献给胡安尼托·蒙托亚或者他姐姐的字样。那些蒙托亚真正追捧的斗牛士的照片都配上了镜框，那些对斗牛没有真正 aficion 的斗牛士们的照片收在他办公桌的抽屉里。这些照片上的题词都是些谄媚的字眼，实际上却毫无意义。有一天，蒙托亚把这些照片从抽屉里都拿了出来，扔在垃圾筒里。他不想留着它们了。

我们经常谈论公牛和斗牛士。好几年了，我都是来蒙托亚旅馆住。我们每次都不会聊太久，我们的乐趣不过是了解了解对方的见解。人们会从远方的城镇来这儿，在离开潘普洛纳之前，他们都会跟蒙托亚聊上几分钟，聊聊关于公牛的事儿。这些人是斗牛狂热分子。只要是斗牛狂热分子，即使旅馆客满了，也总能从这儿弄到房间。蒙托亚把我介绍给其中一些人。他们一开始总是非常客气，他们感到很好笑的是我竟然是一个美国人。不知道为什么，人们想当然地认为美国人是不可能具备"热情"的。他们可能会假装有，或者把激动跟"热情"的概念混淆，但是他们不可能真正拥有这种"热情"。等他们发现我拥有这种"热情"之后，就会同样有些腼腆地把手放在我的肩上，或是说一声"好样的"。大多数情况下他们会实实在在地伸手摸一下，就好像是通过触摸来确认一下自己的发现一样。这种发现可不是通过什么接头暗号，或者回答什么特殊问卷就能弄清楚的。应该说是通过一种稍微带一点自我保护意味而又有些模模糊糊的对话，对你进行口头上和精神上的测试。

对于胸怀热情的斗牛士，蒙托亚可以宽恕一切。他可以宽恕突发的神经质、恐惧感，无法解释的不良行为，以及其他各式各样的纰漏。对胸怀热情的人，他什么都可以宽恕。因此他马上原谅了我，不再提我的那些朋友。他对他们只字不提，我们彼此都羞于提起这些人，就像是羞于提起马在斗牛场上被牛角挑得流出肠子来一样。

我们进屋时，比尔先上楼去了。后来我看见他在自己的房间里洗澡，换衣服。

"怎么样？"他说，"讲了一通西班牙语吧？"

"他刚刚在跟我说今儿晚上公牛都会到。"

"那我们去找到咱们那一帮家伙，然后一起去看。"

"行，他们应该是在咖啡馆里。"

"你拿到票啦？"

"都拿到了，看牛出笼的票。"

"会是什么样？"他对着镜子，扯着腮帮子，看下巴上有没有没刮净的地方。

"很有意思。"我说，"他们每次从笼里放出一头公牛，在牛栏里还有一些阉牛来接着它们，不让它们互相顶撞。公牛会朝阉牛奔去，阉牛四处躲避，就跟老妈子似的，努力让公牛安静下来。"

"公牛会戳死阉牛么？"

"当然会。有时候它们会追着阉牛把它戳死。"

"阉牛就这样，什么也不干？"

"不。阉牛得跟公牛混熟才行。"

"那为什么要把阉牛放在牛栏里呢？"

"为了让公牛平静下来，免得它们撞在石壁上折断犄角，或者互相戳伤。"

"那做阉牛肯定非常有意思。"

我们下楼走出大门，穿过广场走向伊鲁涅咖啡馆。有两座售票亭独立在广场中央。它们的窗户都关着，上面分别印着：SOL，SOLYSOMBRA 还有 SOMBRA 的字样（向阳、半向阳、背阴，表示分售三种不同档次座位的窗口——译者注）。得等到节日的前一天它们才会打开。

在广场对面，伊鲁涅咖啡馆的白色柳条桌椅摆到拱廊外面，一直到了马路边。我在这堆桌子中寻找波莱特和迈克尔，他们果然在这儿。波莱特和迈克尔，还有罗伯特·科恩。波莱特戴着一顶巴斯克贝雷帽。迈克尔也是。罗伯特·科恩没戴帽子，戴着他的眼镜。波莱特见我们走来，就朝我们挥手示意。我们走到桌边，她眯缝着眼睛打量我们。

"好啊，伙计们!"她叫道。

波莱特很高兴。迈克尔有种本领，他能在握手的时候传达强烈的感情。罗伯特·科恩跟我们握手是因为我们赶回来了。

"你们究竟去哪儿啦?"我问。

"是我带他们来的。"科恩说。

"瞎扯。"波莱特说，"你要不来，我们早到这儿了。"

"你们根本到不了这儿。"

"胡说! 你俩都晒黑了。瞧比尔。"

"你们钓得爽吗?"迈克尔问，"我们还想跟你们一块儿钓来着。"

"挺好的。我们还挺想你们的。"

"我本来是想去的。"科恩说，"但我觉得应该领他们上这儿来。"

"你领我们来? 神经。"

"真的很不错么?"迈克尔问，"你们钓到了不少鱼?"

"有几天，我们每人都钓到十来条。那儿还有个英国人。"

"他姓哈里斯。"比尔说，"你认识他么，迈克? 他也参加过大战。"

"真是个幸运儿。"迈克尔说，"难忘的岁月! 真希望这些珍贵的日子还能回来。"

"别犯傻了。"

"你打过仗么，迈克尔？"科恩问。

"这还用说。"

"他是个杰出的战士。"波莱特说，"跟他们讲讲那会儿你的马在皮卡得利大街上狂奔的事儿。"

"我不说了。我都讲了四回了。"

"你没跟我讲过。"罗伯特·科恩说。

"这事儿就不说了。都是些个丢脸的事儿。"

"那跟他们说说勋章的事儿吧。"

"不说。那事儿更丢脸。"

"是什么事儿？"

"波莱特会告诉你们的。她老揭我的短。"

"来吧。波莱特，跟我们说说。"

"我说么？"

"我自己讲吧。"

"你得了什么勋章啊，迈克尔？"

"什么也没得。"

"你肯定有的。"

"我想普通的勋章我还是该得的，但我没有去申请过。有一回要举行一个规模空前的宴会，威尔士亲王要出席，请柬上写着要佩戴勋章。本来嘛，我也没有勋章，所以就去找我的裁缝。他看到这份请柬之后很是震惊。我觉得这也算是笔好买卖，就跟他说：'你得给我弄几枚勋章。'他问：'什么样的勋章，先生？'我说：'哦，随便，弄几枚就行。'于是他说：'你手头有什么勋章，先生？'我就说：'我怎么会知道？'他难道以为我会每天读他妈的政府公报？'多给我弄几枚，你挑就行。'于是他给我弄了几枚，你们知道吧，就是那种缩微版的仿制品。他连盒子一起给我，我塞进口袋，之后就把这事儿忘了。我参加宴会去了，正好有人枪杀了亨利·威尔逊，所以威尔士亲王没来，国王也没有。没人戴勋章，因为所有的家伙都在忙着摘下勋章，我的勋章放在口袋里根本没拿出来。"

他停下来等着我们笑。

"完啦？"

"完了。可能我讲得不好。"

"是讲得不好。"波莱特说，"不过没事儿。"

我们全都笑了起来。

"啊，对了。"迈克尔说，"现在我记起来了。那是他妈一次无聊透顶的晚宴，我实在待不住，就开溜了。当天夜里，我发现盒子还在我的口袋里。这是什么啊？我自言自语。勋章么？沾满鲜血的军功章？所以我把它们通通从衬带上扯下来——你们知道吧，勋章都是别在一根带子上的——然后四处散发，每个姑娘给一枚，留个纪念。她们还以为我他妈是个勇敢的士兵呢。在夜总会里散发勋章，那家伙绝对潇洒。"

"讲下去。"波莱特说。

"你们是不是也觉得好笑？"迈克尔问道。我们都哈哈大笑起来。"好笑。我发誓，实在是太好笑。不过，我的裁缝给我写信了，想要讨回勋章了。还派了个人来。他一连写了好几个月的信。看起来是有个家伙把勋章放在他那里要他清洗。是个身经百战的家伙，勋章就是他的命呀。"迈克尔换了一口气。"裁缝算是倒了霉。"他说。

"你说得不对吧。"比尔说，"我倒觉得那裁缝这下走运了。"

"那是个非常棒的裁缝，他现在看见我绝不敢相信我会沦落到这个地步。"迈克尔说，"那时我每年付给他一百镑就只是为了让他安静点，他就不会再给我寄账单了。我的破产对他可是个沉重的打击。这事儿就发生在勋章事件之后。他给我写信的语气，那是相当悲切。"

"你是怎么破产的？"比尔问。

"还不就是两个阶段。"迈克尔说，"先慢慢地破产，然后突然破产了。"

"什么原因？"

"朋友哇。"迈克尔说，"我有很多朋友，虚情假意的朋友。后来也有了债主，可能任何一个英国人的债主都没我多。"

"跟他们说说你在法院的事儿。"波莱特说。

"我不记得了。"迈克尔说,"当时我有点儿醉了。"

"有点醉!"波莱特大声说,"你都找不着北了!"

"特别诡异。"迈克尔说,"那天碰到一位以前的合伙人,说要请我喝酒。"

"跟他们说说你那个博学多识的法律顾问。"波莱特说。

"不想说这个。"迈克尔说,"我这个博学的顾问也喝得烂醉。唉,这个话题太没劲了。我们到底去不去看放公牛出笼啊?"

"走吧。"

我们叫来招待结账,然后动身穿过市区。开始我跟波莱特走在一起,可是罗伯特·科恩赶了上来,走在她另一边。我们三人一起走着,经过市政厅——阳台上挂着好些旗帜,走过市场,走下通往阿尔加河大桥的那条陡峭的街道。有许多人步行去看公牛,还有马车从山上驶下开过大桥。车夫、马匹和鞭子出现在街头,高过攒动的人群。过了桥,我们拐上去往牛栏的路,途经一家酒店,窗户里挂了块招牌:上等葡萄酒,每升三十生丁。

"等我们没钱了就得去那儿了。"波莱特说。

我们路过时,酒店里的一个女人站在门口看着我们。她朝屋里什么人打了个招呼,就又出来三个姑娘到窗口睁大眼睛,盯着波莱特看。

牛栏门口有两个男人在收门票。我们走进大门,里面有几棵树,还有一幢石头造的矮房子,对面是牛栏的石墙,墙上尽是些小窟窿,就像枪眼一样密布在牛栏正面。有架梯子架在墙头,人们接二连三爬上梯子,然后散开,站在隔开两个牛栏的墙头上。我们走过树下的草坪,去梯子下面。经过关着公牛的灰色油漆大笼子。每一只笼子里都有一头公牛。公牛是用火车从卡斯蒂尔一个饲养场运来的,到了火车站从平板车上卸下来拉到这儿,准备放出笼子再关进牛栏。每只笼子上都用模板喷上了饲养者的名字和商标。

我们爬上梯子,在墙头上找到一个能俯视牛栏的位置。牛栏的石墙刷成了白色,地上铺着麦秸,靠墙的地方设有木头的饲料槽和饮水槽。

"看那儿。"我说。

城市所在的高岗耸起在河对岸。古老的城墙和城防工事站满了人。三道掩体上站着的人组成了三道黑压压的人墙。高过城墙的那些房子的窗口都有人头攒动。在高岗的另一头,孩子们都爬到了树上。

"他们一定以为能看点儿热闹。"波莱特说。

"他们想看公牛。"

迈克尔和比尔站在牛栏对面的墙头上正朝我们挥手。来迟了的人站在我们后面,别人一挤他们,他们就挤我们。

"怎么还不开始?"罗伯特·科恩问。

有一只笼子上架一头骡子,它把笼子拉到牛栏门前。人们用铁棍又推又撬,把笼子对准了牛栏的门。有人站在墙头上,准备先拉开牛栏门,再拉开笼子的门。牛栏另一头的门打开了,两头阉牛摇头晃脑,小跑着进场,两侧下垂的腹部左右晃悠。它们一起站在牛栏另一头,脑袋朝着公牛进场的那扇门。

"它们看起来并不高兴。"波莱特说。

墙头上的人向后仰着身子把牛栏的门拽起来。然后,有人把笼子的门也拽起来。

我朝墙内侧探着身子,想往里面看。笼子里很暗。有人在用铁棍敲笼子,一头公牛用角左右开弓来回撞着木头笼子,发出爆炸般的巨大的响声。我看见一团漆黑模糊的嘴脸和牛角的影子,伴着空空的笼子里一阵砰砰啪啪的木头声音,公牛猛地冲出了牛栏,然后站住了,前蹄还在麦秸上一打滑。它抬起头,颈项周围大块大块的肌肉鼓起来,它看着石墙上站着的人们,全身肌肉颤抖着。那两头阉牛往后退到墙根,耷拉着头,注视着公牛。

公牛发现了它们就冲了过去,有人在一个护栏后面大叫一声,用他的帽子敲打板壁。公牛听见声音,还没有冲到阉牛跟前就转过身来,用全身力气朝那人刚才站的地方冲去,用右角迅猛地朝板壁连挑了五六下,想进攻躲在后面的那人。

"天呐，它好漂亮啊!"波莱特说。我们往下看着，它就在我们脚下。

"你瞧它，它很善于用它的角。"我说，"左一下，右一下，就像个拳击手。"

"不会吧?"

"你自己看。"

"它太快了。"

"等等，另一头牛马上就出来了。"

另一个笼子被掉了个头，转过来拉到进口。在远处的角落里，有个人躲在板壁后面引诱公牛。公牛转向一边的时候，大门被拉了起来，第二头公牛从笼里出来进入牛栏。

它直接朝阉牛冲去，两个人从板壁后面跑出来大喊大叫，想让它转身。这两人一边叫着："吼!吼!公牛!"一边挥舞手臂，但它并没有改变方向；两头阉牛侧身准备迎接冲撞，公牛把角顶进一头阉牛的身体。

"别看了。"我对波莱特说。她看得都入神了。

"好吧。"我说，"只要你不觉得难受就行。"

"我看见了。"她说，"我看见它先用左角再换右角。"

"真行啊!"

这时阉牛已经倒下了，伸着脖子，歪着脑袋，它倒下后就躺着没再动过。突然，公牛撇开它，冲向另一头站在远处的阉牛。这头阉牛摇晃着脑袋，看着眼前发生的一切。它笨拙地跑着，公牛追上它，轻轻地顶了一下它的腹部，然后转身抬眼注视着墙头上的人群，脊背上的肌肉鼓了起来。这时阉牛走到它跟前，好像要闻闻它似的。公牛漫不经心地顶了一下，随后也闻起阉牛来。最后它们一路小跑，跑向第一头公牛那边。

第三头公牛出来的时候，先前那三头牛——两头公牛和一头阉牛，并肩站在一起，把角对准新来的这一头。只花了几分钟，阉牛就和新来的公牛交上了朋友，让它平静下来，成为它们中的一分子。当最后两头公牛被放出来以后，牛群就都聚在了一起。

被顶伤的那头阉牛爬起来缩在石墙边，没有一头公牛靠近它，它也无意加入到它们当中。

我们跟着人群从墙上爬下来，透过牛栏墙上的小窟窿最后看了这些公牛一眼。它们现在都低着头，安静下来了。我们到外面，拦了一辆马车，去往咖啡馆。迈克尔和比尔半小时后才进来。他们路上停下来喝了几杯酒。

我们坐在咖啡馆里。

“这可真是新鲜事儿。”波莱特说。

“后进去那几头公牛会像第一头那样凶猛擅斗么？”罗伯特·科恩问，“我看它们马上就平静下来了。”

“它们彼此都很熟悉。”我说，“只有单独一头，或者两三头在一起的时候才会变得有危险。”

“你什么意思，有危险？”比尔说，“在我看来它们都很危险。”

“它们一旦独处就会伤人。当然啦，如果你进去的话，很可能会从牛群里引出一头公牛来，这时它就很危险了。”

“太复杂了。”比尔说，“你可别把我从我们这伙里撺出去啊，迈克。”

“我说。”迈克尔说，“这几头牛都很棒，对不对？你看见它们的犄角了吗？”

“可不是。”波莱特说，“我以前都不知道牛角是什么样子的。”

“你瞧见顶阉牛的那头了么？”迈克尔问，“相当不错。”

“当阉牛太惨了。”罗伯特·科恩说。

“你这么想？”迈克尔说，“我还以为你喜欢做一头阉牛呢，罗伯特。”

“你什么意思，迈克尔？”

“它们的生活那么平静，而且一声不吭，还老在周围转悠。”

我们都很尴尬。比尔笑了，罗伯特·科恩很生气。迈克尔还在说。

“我以为你会喜欢这样。你可以什么都不用说。来啊，罗伯特，说点什么，别光坐着。”

"我说了，迈克尔。你忘了么？说阉牛来着。"

"对，那再说点。说点有意思的。你没看见我们现在兴致很高么。"

"别说了，迈克。你醉了。"波莱特说。

"我没醉。我是说正经的。难道罗伯特·科恩非得像头阉牛似的，一刻不停地围着波莱特转悠么？"

"闭嘴，迈克。你也稍微有点教养行不行。"

"狗屁教养。说到底，除了公牛，谁还有什么教养？这几头公牛不是挺讨人喜欢的吗？难道你不喜欢它们么，比尔？为什么不吭声，罗伯特？别一脸倒霉相地在那儿坐着。就算是波莱特跟你睡过觉又怎么样？跟她睡过觉的人多了，可他们都比你强。"

"闭嘴。"科恩说。他起身来，"闭嘴，迈克尔。"

"呀，别站起来啊，搞得好像你要揍我似的，我根本无所谓。告诉我，罗伯特，你为什么老跟着波莱特转，像一头血迹斑斑、可怜巴巴的阉牛一样？你难道不知道人家不需要你吗？要是别人不需要我，我肯定会知道。你为什么老也不知道别人不需要你呢？你赶到圣塞瓦斯蒂安去，可那儿没人需要你，你却像一头受伤的阉牛一样跟着波莱特转悠。你觉得这样好么？"

"闭嘴。你醉了。"

"我可能是醉了。你为什么不醉呢？你怎么从来就不醉呢，罗伯特？你知道你在圣塞瓦斯蒂安过得并不开心，因为我们没有一个朋友愿意邀请你参加任何聚会。你不能怪他们，对吧？我让他们邀上你，可他们就是不干。你这会儿不能怪他们，对不对？你说，你能怪得了他们吗？"

"去死吧，迈克尔。"

"我不怪他们。你还怪他们？你干吗老跟着波莱特转？你就这么没风度？你想过我的感受么？"

"你真他妈适合说风度这两个字。"波莱特说，"你可真是风度翩翩啊！"

"走吧，罗伯特。"比尔说。

"你到底为什么老缠着她?"

比尔站起来把科恩拽住。

"别走。"迈克尔说,"罗伯特·科恩要请喝酒呢。"

科恩和比尔一起离开了,他脸色蜡黄。迈克尔还在唠唠叨叨说个没完。我坐着听了会儿。波莱特一脸厌恶的样子。

"我说,迈克,你能别这么像个混蛋么。"她打断迈克尔,"你知道我可没说过他有什么不对。"她扭头对着我。

迈克尔的语气恢复了正常,我们又像朋友一样了。

"我其实没有我听上去醉得那么厉害。"他说。

"我知道你没有。"波莱特说。

"但我们也都不清醒了。"我说。

"我说的每句话都是我想说的话。"

"但是你说得也太尖刻了。"波莱特笑着说。

"是,但他的确是个白痴。他跑到圣塞瓦斯蒂安去,没他妈有人要他去。他缠着波莱特,老盯着她看,真他妈让我恶心。"

"他的行为确实非常恶劣。"波莱特说。

"你听我说啊。波莱特以前和别的男人也有关系。她都告诉我了。她把科恩这家伙的信都给我看。我没看。"

"你他妈真高尚!"

"不,你听着,杰克。波莱特跟别人乱来过。但是他们都不是犹太人,而且事后也没有谁来纠缠过。"

"都是他妈不错的家伙。"波莱特说,"说这些太无聊了。迈克和我互相理解。"

"她把罗伯特·科恩的信都给我了。我没看。"

"你谁的信也不看,亲爱的。你连我的也不看。"

"我看不懂信。"迈克尔说,"很可笑,是不?"

"你什么也看不懂。"

"不。这你说错了。我看了不少书。在家时我常看书。"

"接下来你还要写东西呢。"波莱特说,"行了,迈克。精神点儿。你现在也只能忍了。他的确就在这儿,这是现实。别影响我们过节。”

“行，那就让他老实点。”

“他会的。我去跟他说。”

“你告诉他，杰克。跟他说，要么老实点，要么就滚。”

“好。”我说，“还是我去说说比较好。”

“对了，波莱特。告诉杰克，罗伯特是怎么叫你来着。简直没得说。”

“噢，不。我说不出来。”

“说吧。都是朋友。我们都是好朋友吧，杰克？”

“我不能告诉他。太荒唐了。”

“那我说。”

“别说，迈克。别傻了。”

“他叫她‘喀耳刻’（希腊神话中的女巫。在古希腊文学作品中，她善于用药，并经常以此使她的敌人变成怪物——译者注）。”迈克尔说，“他说她会把男人变成猪。真他妈能说。可惜我不是什么文人墨客。”

“他还真不错，你知道。”波莱特说，“他的信写得不错。”

“我知道。”我说，“他在圣塞瓦斯蒂安给我写过。”

“那不算什么。”波莱特说，“他的信写得太他妈逗了。”

“她还逼我写。她那会儿以为自己有病。”

“人家是有病嘛。”

“走吧。”我说，“我们得去吃饭。”

“我见了科恩该怎么办？”迈克尔说。

“就当什么事儿也没有发生过。”

“我倒没有什么。”迈克尔说，“我肉糙皮厚。”

“如果他说起来的话，你就说你喝多了。”

“确实喝得不少。好玩儿的是我现在才觉得我刚才是醉了。”

“走吧。”波莱特说，“这些个有毒的玩意儿都给过钱了没有？我得洗个澡才能吃饭。”

我们穿过广场。外面已经黑了，只有广场四周还亮着一圈，那是街道拱廊下的咖啡馆里泛出的灯光。我们走过树下的砾石路,向旅馆走去。

他们上了楼,我站住和蒙托亚说话。

"我说,你看这几头公牛怎么样?"他问。

"很好。很不错的公牛。"

"还行吧。"——蒙托亚摇摇头——"不算特别好。"

"它们有什么让你不满意?"

"具体的说不好。就是给我一种感觉,觉得并不是特别好。"

"我明白你的意思。"

"算还行。"

"对。还行。"

"你的几位朋友觉得它们怎么样?"

"很好。"

"那就好。"蒙托亚说。

我上了楼。比尔站在自己房间的阳台上望着广场。我走到他身边站住了。

"科恩呢?"

"在楼上,他自己的房间里。"

"他怎么样?"

"当然是糟透了,迈克尔也真是的,他喝醉了还真挺恐怖的。"

"他也没那么醉。"

"这还不叫醉!去咖啡馆路上我们喝多少酒我心中有数。"

"过后他就醒了。"

"行吧。当时他真是吓人。天知道,我是不喜欢科恩,我认为他跑到圣塞瓦斯蒂安去确实是个愚蠢的小把戏,但是迈克尔也没权利那样说话啊,谁也没权利那么说。"

"你觉得那些牛怎么样?"

"很棒。这样一条条放出来,看起来棒极了。"

"明天放米乌拉牛。"

"什么时候开始过节?"

"后天。"

"我们不能让迈克尔再醉成这样了。他的把戏太不像话了。"

"我们最好还是洗一洗准备吃饭吧。"

"行啊。肯定会是一顿愉快的晚餐。"

"不是吗?"

事实上,这顿晚餐吃得的确很开心。波莱特穿一件黑色无袖晚礼服,看上去漂亮极了。迈克尔装作什么事情也没发生过的样子。我不得不上楼把罗伯特·科恩拽下来。他很冷漠还很严肃,一张蜡黄的脸还紧紧地绷着,但他最终还是打起精神来了。他一刻不停地盯着波莱特,就好像这样会让他感到幸福似的。他一定觉得很得意,因为看见她打扮得那么可人,因为自己曾经同她一起出去玩过,还因为大伙儿都知道这件事。这些事情谁也别想从他身上抹掉。比尔表现得很风趣,迈克尔也一样,他俩凑在一块儿挺好。

这顿晚饭有点像我印象中某几次战时的晚餐:有很多酒,把紧张的情绪都抛诸脑后,还有种有事即将发生而你根本又无法防止的预感。在酒精的作用下,我那种厌恶的感觉烟消云散,反而觉得高兴起来。人们看起来都那么可爱。

第十四章

我记不清自己是几点上床的，只记得脱掉衣服，套上浴衣，去了室外阳台。我知道自己醉得晕头转向，于是回到房里，打开床头灯，开始看书。我看的是本屠格涅夫的书。有两页我仿佛还重复读了好几遍。那是《猎人笔记》里的一个短篇，过去看过的，可好像从没看过似的。俄罗斯田园风光如在眼前，头脑里的压迫感似乎减轻了许多。我醉得很厉害，但不愿闭上眼睛，因为一闭上就会觉得房间在不停地旋转。如果我坚持看书，这种感觉就会消失。

我听见波莱特和罗伯特·科恩走上楼梯，科恩在门外道过晚安，接着上楼朝自己的房间走去。我听见波莱特走进隔壁房间。迈克尔已经睡下了，他是一小时前跟我一起上楼的。她进屋时，他醒了，两人在说话。我听到他们在笑，于是关灯想睡了，没必要再看书了。我闭上眼睛，已经没有旋转的感觉了，但还是睡不着。在暗处看问题就该和在亮处不同？真见鬼，毫无理由！

我有一次曾竭力把这一切好好捋了一通，后来整整六个月，关了灯就睡不着。这又是一个在亮处的想法。还是跟女人一道见鬼去吧。你，波莱特·阿施利，也一道见鬼去。

女人能成为红颜知己，非常知心那种。为了打好友谊的基础，你首先必须对她完全钟情。我曾受到过波莱特的青睐，但从来没有站在她的立场上为她的利益考虑过。我没有付出，只有索取，这无非是推迟了账单送来的时间罢了。但账单迟早是要送来的，这是你能指望得到的好事之一。

我自认为已经把一切债务都偿还了，不像女人，还啊、还啊，还个没完，根本没有想过报应或惩罚，认为只不过是等价交换而已。你拿出一点东西，换得另外的东西；或者你努力干活去争取点什么。要换取任何对你多少有点用的东西，都要用某种方式付出代价。我以自己的方式付出了代价，取得不少我喜欢的东西，所以我的日子过得挺开心。如果不是付出你的知识，就是拿经验、机缘，或者钱财来做代价。享受生活的乐趣就是学会把钱花得合算，而花得合算就要懂得享受。你是能够把钱花得很合算的。世界是个很好的东西，值得你买进。这似乎是一种很出色的人生哲学，我想再过五年，这种理论就会像我有过的其他经典哲学一样，显得同样的荒唐可笑。

不过，也许还不至于这样。也许随着年华的流逝，你会学到一点东西。世界到底是怎么回事，我并不在乎，我只想弄懂该如何在其中生活；要是你懂得了如何在世界上生活，也许你就会因此懂得世界到底是怎么回事了。

话又说回来，我真的希望迈克尔对科恩的态度不要太过分。迈克尔喝醉了就胡闹；波莱特喝醉了没事；比尔喝醉了没事；科恩从来不喝醉。迈克尔一旦喝得过量就惹人烦。看他伤害科恩我会暗自心喜，但又希望他别那样做，因为事后我总会厌恶自己。这就是道德，事后会引起你厌恶自己。不，应该是不道德。这真是个好大的命题呀。我在夜里很会胡思乱想。瞎说——我耳边响起了波莱特的口头禅——瞎说！你和英国人在一起，你就习惯用英国人的措辞来思维。英国人的口语词汇——至少在上流社会——一定比爱斯基摩语还少。当然，我对爱斯基摩语一无所知，那也许是一种很优美的语言。比如切罗基语，我对它也同样一无所知。英国人常用不同语调来说同一个短语，于是一个短语含意无穷。然而我对他们颇有好感，我喜欢他们说话的方式，譬如哈里斯。不过哈里斯算不上是上流社会。

　　我又打开灯看书，仍然看屠格涅夫的这本书。我知道了，喝白兰地醉了之后，内心会特别敏感，这时读书我就能记得住，而且事后就觉得书上写的好像是亲身经历，会终身难忘。这就是你付出了代价能获得的又一样好处。直到天快亮时我才睡着了。

　　接下来的两天里，潘普洛纳平静无事，我们没有再发生龃龉。全城过节的筹备工作逐步到位。工人在十字路口竖起门柱封堵两侧街道，早上从牛栏里放出的牛群通过大街跑向斗牛场的时候就不至于走失。工人们挖好坑，埋下木桩，木桩都有编号，以便插在规定的位置。城外高岗上，斗牛场的雇工们还在训练斗牛士骑的马，他们鞭策着四肢僵直的马在斗牛场后面太阳晒硬的地上飞奔。斗牛场的大门敞开着，场内在打扫看台。斗牛场地经过碾压，洒上了水。木匠更换了四周栅栏上不结实或开裂的木板。站在碾平的沙地旁，朝上面空荡荡的看台望去，可以看见几个老女人在清扫包厢。

　　场外，从城边那条大街通向斗牛场入口的栅栏已经搭成，形成一条长长的甬道。斗牛开始的第一天早晨，大家都会在牛群的追赶下一起奔跑。城外那块平地将开设一个牛马集市，有些吉普赛人已经在对面树下安营扎寨。酒贩子也在搭板棚，有个板棚打着"公牛茴香酒"的广告。布招子挂在烈日映照的板壁上。市中心的大广场还没有什么变化。在咖啡馆露台上，我们坐在白色柳条椅里，看那些陆续到站的公共汽车，一拨拨来赶集的乡下农民从车上下来。然后车子又满载着农民陆陆续续开走了，他们坐在车上带着褡裢，装满了从城里买来的物品。在这砂砾铺就的广场上，除了鸽子和一个拿着水管喷洒碎石广场、冲洗大街的男人外，剩下的就只有这几辆高大的灰色大巴了。

　　晚上是散步时间。晚饭后一小时，所有的漂亮妞、本地的驻军长官和城里所有衣着入时的男男女女都在广场旁边的那条街上散步，所有咖啡桌旁都坐满了刚用过晚餐的常客。

　　早上，我一般坐在咖啡馆里看马德里出版的各种报纸，然后在城里溜达，或者到城外乡间散步。有时候比尔会一起去，有时候他在自己房间里写东西。罗伯特·科恩利用早晨的时间学习西班牙语或者抽空到理发店去修面。波莱特和迈克尔是不到中午不会起床的。我们都在咖啡馆里喝苦艾酒。日子过得很平静，再没人喝醉过。我去过教堂两次，一次是跟波莱特一起去的。她说想听听我的忏悔，但是我告诉她，这不仅是不可能的，而且并不像她想象的那么有趣。再说了，即使我忏悔，我用的语言她也根本听不懂。我们走出教堂的时候遇到科恩，很明显，他早就跟在我们后面了，不过他让人感到非常开心和友好。我们三人一直溜达到吉普赛人的帐篷那儿，波莱特还让人算了命。

群山上空高天飘着流云，这是一个阳光明媚的早晨；夜里曾下过一阵雨，高岗上的空气清新、凉快，展现出一幅靓丽的景色。我们都感到心情舒畅，精神饱满，科恩也相当可爱。在这样的日子里，没什么事情能使你烦恼的。

这就是节日前的最后一天。

第十五章

七月六日，礼拜天中午，奔牛节庆祝活动"炸窝"了——那场面找不到别的方式来描述。整整一天，人们从四村八乡络绎不绝地赶来，但由于和城里人混在一起，并不十分显眼。烈日下的广场和平时一样安静，因为乡民们都聚集在背街小巷的小酒店里，他们在那里喝着酒，准备参加庆祝活动。他们从平原和山区初来乍到，还需要一步步地适应货币价值的计算方式，所以他们不会一下子就到那种高价的咖啡馆去，而只在小酒店里享用实惠的酒肴。钱的具体价值眼下仍然是以劳动的时间和卖粮的数量来计算的，等到狂欢高潮来临的时候，他们就不在乎花多少，或者花在什么地方了。

圣费尔明节庆祝活动开始的第一天，乡民们一大早就涌入巷子里的小酒店。上午，我穿过几条街到大教堂去望弥撒，一路上只听见他们从敞开大门的酒店里传出的歌声，他们越来越兴奋。有很多人来参加十一点钟的弥撒。圣费尔明节也是个宗教节日。

我从大教堂走下山，顺着大街来到广场上的咖啡馆。快到中午了。罗伯特·科恩和比尔坐在一张桌子旁，大理石面的桌子和白色柳条椅已经搬走，换上了铸铁桌和简朴的折叠椅。咖啡馆像一艘准备轻装上阵的军舰。今天的招待绝不会听任你清静地坐着、看一上午报纸而不来问你要点什么酒菜了，我刚一坐下，一个男招待就走了过来。

"你们喝的什么?"我问比尔和罗伯特。

"雪利酒。"科恩说。

"Jerez。"我对男招待说。

男招待还没上酒,一颗冲天炮就在广场上腾空而起,宣布节日庆祝活动开始。冲天炮炸开了,一团灰色的烟雾出现在广场对面加雅瑞剧院上空,这团悬空的烟雾就像开花的榴霰弹。我正看着,又腾起一颗,在灿烂的阳光里拖着长长的青烟;炸开的时候,只见耀眼的光一闪,接着出现了另一团烟雾。就在这枚冲天炮爆炸的时候,一分钟以前还空荡荡的拱廊里,竟一下子出现了那么多人,以至于男招待只能把酒瓶高举过头,好不容易才穿过人群,挤到我们桌旁。人们从四面八方涌向广场,街上自远而近地传来簧管、横笛和鼓的音乐,他们在演奏 riau-riau 舞曲。笛声清越,鼓声隆隆,大人小孩跟在乐队后面边走边舞。当笛声停息时,他们全都在街上蹲下,等到簧管和横笛再次激越地吹起,呆板、单调、闷雷似的鼓声又响了起来时,他们又全部一跃而起,跳起舞来。只看见他们的头和肩膀在人群里上下波动。

广场上有个人在弯着腰吹奏簧管,一群孩子跟在他身后大声嚷嚷,扯他的衣服。他走出广场,为紧跟在后面的孩子们吹奏,经过咖啡馆门前,拐进小巷。他边走边吹,孩子们跟在后面吵吵嚷嚷,拉扯着他,这时候,我们看见他那全无表情的麻脸。

"大概是个本地的傻子。"比尔说,"我的上帝!看那边!"

一群人跳着舞从街头过来了。跳舞的人把街道挤得水泄不通,全都是男人。他们跟在自己的笛手和鼓手后面,随着音乐节奏跳动。他们都属于某个俱乐部,全都穿着蓝工装,脖子上系着红帕子,用两条长杆撑着一块大横幅。他们在人群簇拥下舞过来的时候,横幅也伴随他们的舞步上下舞动。

横幅上写着:"美酒万岁!外宾万岁!"

"哪儿有外宾呀?"罗伯特·科恩问。

"我们就是呀。"比尔说。

冲天炮不停地向天发射，咖啡馆座无虚席，广场上的人逐渐稀少起来，人流都挤进各家咖啡馆里去了。

"波莱特和迈克呢?"比尔问。

"我这就去找他们。"科恩说。

"带他们到这儿来。"

庆祝活动正式开始了，它将昼夜不停地持续七天。狂舞，纵酒，喧嚣，片刻不停。这一切只有在奔牛节才会发生。最后，一切都将变得宛如异度空间，无论怎么随心所欲也不用承担任何责任——狂欢期间，再要考虑什么后果似乎不合时宜。在欢度节日的全过程中，哪怕有片刻安静，你都会觉得必须大声喊叫，才能让别人听清你说的话。至于你的一举一动，也会有同样的感觉。这就是狂欢，它要持续整整七天七夜。

那天下午，举行了盛大的宗教游行。人们抬着圣费尔明像，从一个教堂到另一个教堂。政府显要和宗教名流全都来陪同游行，人山人海，我们没法看到这些人物。整齐的游行队伍前后都有一群跳 riau-riau 舞的人，有一伙穿黄衬衫的在人群里前后穿梭。通向广场的每条街和两边的人行道上都摩肩接踵，人头攒动，我们只能从水泄不通的人群头顶上看见游行队伍里那些巨人头：有几个是雪茄店门前那种印第安人木雕的模拟像，足有三十英尺高，还有几个摩尔人、一位国王和一位王后。这些模拟像都庄重地随着 riau-riau 舞曲旋转，像在跳华尔兹。

人群在一座教堂门前停下，圣费尔明像和权贵们依次进去了，把卫队和巨人头留在门外。抬架搁在地上，原本钻在巨人头肚子里跳舞的人就站在旁边，侏儒们手里抓着特大号气球，在人群里钻来钻去。我们刚走进教堂就闻到一股香火味，人们鱼贯而入。但是波莱特因为没有戴帽子，在门口就被拦住了，我们只得退出来，从教堂顺着返城的大街往回走。街道两侧的人行道上仍旧站满了人，他们还站在老地方，等候游行队伍归来。一些跳舞的人拉起一个圆圈，围着波莱特跳起舞来。他们脖子上套着大串白蒜头花环，拉着我和比尔的手臂，把我们也裹进了圆圈。比尔也开始跳起舞来。他们都在高唱着。波莱特也想跳舞，但是他们不让，他们要把她当作一尊偶像来围着她跳。歌曲以尖利的 riau-riau 声结束，他们簇拥着我们，走进一家酒店。

我们站在柜台边，他们让波莱特坐在一个酒桶上。酒店里很暗，挤满了人，他们在唱歌，扯着喉咙唱。柜台后面，有人从酒桶的龙头放出一杯杯酒来。我放下酒钱，但是有个人捡起钱又塞回我的口袋。

"我想要一个皮酒袋。"比尔说。

"街上有个地方卖。"我说，"我去搞两个来。"

跳舞的人不肯让我出去。有三个人靠在波莱特坐的酒桶上，教她用酒袋喝酒。他们在她脖子上挂了一圈蒜头，有个人硬要塞给她一杯酒。有个人在教比尔唱一支歌，冲着他的耳朵唱，还在他背上拍着节奏。

我向他们申明我还要回来的。到了外面，我沿街寻找制作皮酒袋的作坊。人行道上挤满了人，许多商店已经打烊，我没法找到那家作坊。我找遍了街道的两侧，一直走到教堂。这时，我向一个人打听，他拉住我的胳膊，领我到那个作坊去。作坊已经关上百叶窗，但是门还开着。

作坊里面散发出一股新鞣上硝的皮革味儿和热煤焦油的气味，有个人正往制好的酒袋上印花，酒袋一捆一捆地吊在梁上。他拿下一个，吹足了气，旋紧袋嘴的盖子，然后纵身跳上酒袋。

"瞧！一点儿都不漏气。"

"我还要一个。拿个大的。"

他从屋梁上取下一个能装一加仑，或许还不止一加仑的大酒袋，对着袋口，鼓起两腮把酒袋吹足气，然后手扶椅背站在酒袋上。

"你干什么用？拿到巴荣纳去卖？"

"不，自己喝酒用。"

他拍拍我的背脊。

"是个男于汉！两个一共八比塞塔，最低价。"

在新皮袋上印花的那个人把印好的酒袋掼到堆子上，停下手来说，"这是真的。"他说，"八比塞塔的确便宜。"

我付了钱出来，顺原路返回酒店。里面更暗了，而且非常拥挤。波莱特和比尔都不见了，有人说他们在里屋。柜台上的女招待替我灌满了这两个皮酒袋，一个装了两公升，另一个装了五公升。两袋酒共花了三比塞塔六十生丁。柜台前有个素未谋面的人要替我付酒钱，不过最后还是我自己付的。想替我付酒钱的这个人就请我喝一杯酒，他不让我买酒回请他，却说想从我的新酒袋里喝一口漱漱口。他把五公升的大酒袋倒过来，双手一挤，酒就嗞嗞地喷进他的嗓子眼。

"不错。"他说完就把酒袋还给我。

在里屋，波莱特和比尔坐在酒桶上，被跳舞的人团团围住。他们人人都把手臂搭在别人肩膀上，人人都在唱歌。迈克尔和几个只穿衬衫的人坐在桌子边吃一碗洋葱醋渍金枪鱼。他们都在喝酒，用面包片蘸着碗里的油和醋。

"嗨，杰克。嗨!"迈克尔叫我，"过来，认识一下我的这些朋友。我们正在吃开胃菜呢。"

迈克尔把我介绍给在座的人，他们向迈克尔做自我介绍，并叫人给我拿一把叉子来。

"别吃人家的东西，迈克。"波莱特在酒桶那边喊道。

"我可不想把你们的饭菜都吃光。"当有人给我递叉子的时候，我说。

"吃吧。"他说，"东西摆在这里干啥?"

我拧开大酒袋的盖子，依次递给在座的人。每个人都伸直胳膊，把酒袋倒过来喝一口。

在歌声中，我们听见门外经过的游行队伍吹奏的乐曲。

"是不是游行队伍过来啦?"迈克尔问。

"没有的事。"有人说，"没啥。干了吧，把酒瓶举起来。"

"他们在哪儿找到你的?"我问迈克尔。

"有人带我来的。"迈克尔说，"他们说你们在这里。"

"科恩在哪儿?"

"他醉倒了。"波莱特大声说，"有人把他安顿在什么地方了。"

"在哪儿？"

"我不知道。"

"我们怎么能知道。"比尔说，"我想他大概死了。"

"他没有死。"迈克尔说，"我知道他没有死。他只是喝了茴香酒醉倒了。"

他说到茴香酒，在座有个人抬头望望，从外套里掏出一个酒瓶递给我。

"不。"我说，"不喝了，谢谢！"

"喝，喝。举起来！把酒瓶举起来！"

我喝了一口，这酒有股子甘草味，从嗓子眼一直热到肚子里，我感到胃里热呼呼的。

"科恩到底在哪儿？"

"我不知道。"迈克尔说，"我来问问——那位喝醉的伙计在哪儿？"他用西班牙语问。

"你想看他？"

"是的。"我说。

"不是我。"迈克尔说，"这位先生想看。"

给我喝茴香酒的人抹抹嘴巴，站起来。

"走吧。"

在一间里屋内，罗伯特·科恩安详地睡在几只酒桶上。屋里很暗，简直看不清他的脸。人家给他盖上了一件外套，卷起另外一件外套枕在他的头下。他的脖子上也套着一串蒜头，直垂在胸前。

"让他睡吧。"那人低声说，"他不要紧的。"

过了两个小时，科恩露面了。他走进前屋，脖子上还挂着那串蒜头。西班牙人见他进来都欢呼起来。科恩揉揉眼睛，咧嘴一笑。

"我一定睡着了吧。"他说。

"哦，哪儿的话？波莱特说。

"你只是死过去了。"比尔说。

"我们不去用点晚餐？"科恩问。

"你想吃饭?"

"对。怎么啦? 我饿了。"

"吃那些蒜头吧,罗伯特。"迈克尔说,"嗨,把蒜头吃了。"

科恩站着不动。他这一觉睡得酒意全消了。

"我们吃饭去。"波莱特说,"我得洗个澡。"

"走吧。"比尔说,"我们把波莱特转移到旅馆去。"

我们同众人告别,又跟他们一一握手,然后走了出来。外面,天已经黑了。

"你们看现在几点了?"科恩问。

"已经是第二天了。"迈克尔说,"你睡了两天。"

"不会吧。"科恩说,"究竟几点?"

"十点。"

"我们喝得可不少。"

"是我们喝得不少,你可是睡着了。"

从黑暗的街上走回旅馆的时候,我们看见广场上在放焰火。从通往广场的小巷望过去,广场上人头攒动,广场中央的人都在翩翩起舞。

旅馆的这顿晚餐异常丰盛。这是第一顿节日供给,多加了几道菜,价钱翻了一番。

饭后,我们出去玩儿。记得我曾经决定熬个通宵,等着第二天早晨六点观看奔牛过街,但到了四点左右,我实在太困,就睡下了。其他人都一夜没睡。

我自己的房间锁着门,找不到钥匙,我就上楼去科恩房间里的一张床上躺下。街上的狂欢活动在夜间也没有停止,但是我困得呼呼地睡着了。冲天炮的一声炸响把我惊醒,这是城郊牛栏放出牛群的信号,牛群就要奔过大街进入斗牛场。我睡得很沉,惊醒过来的时候还以为错过了,连忙披上科恩的外套,跑到阳台上。下面的街道空荡荡的,所有的阳台上都挤满了人。突然,从街头涌来一群人,他们你推我搡地跑过旅馆门前,顺着街道向斗牛场跑去。后面跟着一伙人,跑得更急,随后还有几个掉队的在不要命地跑。人群过后有一小段空白，接着就是四蹄腾空、上下晃动脑袋的牛群了，它们的身影一下子就消失在拐角的地方。有个人摔倒在地，滚进沟里，一动不动地躺着。但是牛群没有理会他，只顾往前冲去。它们成群结队地跑过。

牛群看不见了，斗牛场那边传来一阵狂叫，叫声经久不息。最后有颗冲天炮炸开，说明牛群在斗牛场已经闯过人群，进入了牛栏。我回到屋里，又上床躺下。我刚才一直光着脚在阳台上站着。我知道我的伙伴一定都到了斗牛场。上了床，我又睡着了。

科恩进屋把我吵醒了。他动手脱衣服，走过去关上窗户，因为街对面房子的阳台上，有人正往我们屋里看。

"那个场面你看见啦？"我问。

"看见了。我们都在那边。"

"有人受伤吗？"

"有头公牛在斗牛场冲进人群，挑倒了七八个人。"

"波莱特感觉怎么样？"

"一切都来得那么突然，没等大家有什么感觉，事情就过去了。"

"要是我早点起来就好了。"

"我们不知道你在哪儿。我们去你房间找来着，但房门锁着。"

"你们这一夜都待在哪儿？"

"我们在一个俱乐部里跳舞。"

"我太困了。"我说。

"我的上帝！我现在才真是困了。"科恩说，"这事儿有个完没有？"

"一礼拜内完不了。"

比尔推开门，伸进头来。

"你去哪儿了，杰克？"

"我在阳台上看奔牛。觉得如何？"

"太棒了。"

"你上哪儿去？"

"睡觉去。"

中午之前谁也没有起床。我们是在拱廊下的餐桌上吃饭的。城里到处是人，我们得等着才能弄到一张空桌。吃完饭我们赶到伊鲁涅咖啡馆，里面已经客满。离斗牛开始的时间越近，人就越多，桌子也愈来愈挤。每天斗牛开始之前，挤满人的室内总是一片低沉的嗡嗡声。咖啡馆在平时不管怎么挤，也不会这样嘈杂。这嗡嗡声持续不停，我们也加入进去，成为其中的一部分。

每场斗牛，我都订了六张票。有三张是斗牛场看台的第一排、紧靠斗牛场围栏的座位，另外三张是带木制靠背的座位，在斗牛场出入口的上方，位于圆形看台的半腰上。迈克尔认为波莱特是第一次看斗牛，最好坐在高处；科恩愿意陪他俩坐在一起。比尔和我就坐第一排，剩下的一张票我让男招待去卖掉。比尔告诉科恩要注意些什么，怎么看才不至于把注意力都集中在受伤的马身上。比尔曾看过一个赛季的斗牛。

"我倒不怕会受不了，只担心会觉得无聊。"科恩说。

"你是这么想的？"

"马被公牛抵伤了之后，不要管马。"我对波莱特说，"要注意牛的冲刺，看长矛手怎样设法避开牛的攻击；而如果马受到了攻击，只要没死，你就别去看它。"

"我有点儿紧张。"波莱特说，"担心自己能不能坚持看完。"

"没事儿，马受伤你看了会不舒服，别的就没啥了，而它们和每头牛也就几分钟搏斗。如果看了不舒服，你不看好了。"

"她没事。"迈克尔说，"我会照顾她的。"

"我认为你不会觉得无聊。"比尔说。

"我回旅馆去取望远镜和酒袋。"我说，"回见。别喝醉了。"

"我陪你去。"比尔说。波莱特冲我们一笑。

我们绕道顺着拱廊下面走，免得穿过广场挨晒。

"那个科恩叫我烦透了。"比尔说，"他那种犹太人的傲气太过分了，居然认为看斗牛只会使他觉得无聊。"

"我们一会儿拿望远镜来观察他。"我说。

"哼，去他妈的！"

"他粘在那儿不肯走了。"

"但愿他老在那儿粘着。"

在旅馆的楼梯上，我们碰见蒙托亚。

"来。"蒙托亚说，"你们想见见佩德罗·罗梅罗吗？"

"好啊。"比尔说，"我们去见见他。"

我们跟着蒙托亚爬上一段楼梯，顺着走廊往前。

"他在八号房间。"蒙托亚解释说，"他正整装待发。"

蒙托亚敲敲门，把门推开。这是一间幽暗的房间，只有靠小巷的窗户透进一丝亮光。有两张床，用一扇修道院的隔板隔开。电灯开着。一个小伙子身穿斗牛服，绷着脸，笔直地站着。他的上衣搭在椅背上，腰带马上就要扎好了。他的黑发在灯光下闪闪发亮。他身穿白色亚麻布衬衣，他的助手给他扎好腰带，起身退到一旁。佩德罗·罗梅罗对我们点点头，握手的时候，显得心不在焉，非常高傲。蒙托亚介绍了几句我们是非常忠实的斗牛迷，我们祝愿他成功之类的话，罗梅罗听得非常认真，然后转向我。他简直是我一生见过的最酷的小伙子。

"你看斗牛去。"他用英语说。

"你会讲英语。"我说，觉得自己像个白痴。

"不。"他微笑着回答。

床上坐着的三个人中有一个走过来，问我们是否会讲法语。"要不要我给你们翻译？你们有什么要问佩德罗·罗梅罗的？"

我们谢谢他。有什么好问的呢？这小伙子才十九岁，除了一个助手和三个打杂的，就他一个人，何况再过二十分钟斗牛就要开始了。我们祝愿他"Mucha suerte（好运——译者注）"，握握手就出来了。带上门的时候，他仍然站着，挺直而潇洒，形单影只，独自同几个打杂的在一起。

"他是个好小伙，你们说呢？"蒙托亚问。

"确实漂亮。"我说。

"他长得就像个斗牛士。"蒙托亚说，"他有斗牛士的范儿。"

"是个好小伙。"

"我们马上就会欣赏到他在场上的丰采。"蒙托亚说。

看见大皮酒袋在我房间里靠墙放着，我们就拿起酒袋和望远镜，锁门下楼。

这是一场非常精彩的斗牛。我和比尔都为佩德罗·罗梅罗惊叹不已。蒙托亚坐在离我们大约十个座位远的地方。当罗梅罗杀死他的第一头公牛之后，蒙托亚和我的目光对视，向我点头。这是一位名副其实的斗牛士。好久没有见过货真价实的斗牛士了。至于另外两位，一位很不错，另一位也还将就，但都比不上罗梅罗，虽然他对付的那两头牛不怎么厉害。

斗牛的过程中，我好几次抬头用望远镜观察迈克尔、波莱特和科恩。看上去似乎一切正常，波莱特也并未激动不安，他们三个都全神贯注地趴在面前的混凝土栏杆上。

"把望远镜给我看看。"比尔说。

"科恩看上去觉得无聊了吗?"我问。

"这个犹太佬!"

斗牛结束后，斗牛场外人潮汹涌，简直动弹不得。我俩挤不出去，只好随着人流像冰川一样缓慢地移向城里。和每次看完斗牛一样，我们心情忐忑，同时又很亢奋，这是看完一场精彩的斗牛之后才会有的感觉。狂欢活动在继续，鼓声隆隆，笛声高亢，一队队起舞的人随处冲破人流。大家挤成一团，根本看不见他们那使人眼晕的舞步，只看见他们的脑袋和肩膀在不断地上下起伏。我俩终于挤出人群，到达咖啡馆。男招待给我们另外那几位伙伴留了座，我们俩每人要了一杯苦艾酒，看着广场上的挤来挤去的人群和跳舞的人。

"你说这是什么舞蹈?"比尔问。

"是一种霍达舞。"

"他们跳得不同。"比尔说，"乐曲不一样，跳法也就不同。"

"舞姿非常优美。"

我们面前有群男孩子，在街上一块没人的空地上跳舞，舞步错综复杂，面部表情专注。他们跳的时候，都看着脚下。绳底鞋在路面上踢踢踏踏，脚尖相碰，脚跟相碰，再脚趾肚相碰。音乐突然结束，舞步也戛然而止。然后，他们又沿着大街翩然远去。

"老爷们来了。"比尔说。

他们仨正从马路对面走过来。

"嗨，伙计们。"我说。

"你们好，先生们！"波莱特说，"给我们留座啦？太好了。"

"嗨。"迈克尔说，"那个叫罗梅罗还是什么的小伙真棒。我说得对不对？"

"他多可爱啊。"波莱特说，"还有那条绿裤子。"

"那条绿裤子波莱特都没看够。"

"哎，明天我一定要借用一下你们的望远镜。"

"你觉得怎么样？"

"精彩极了！无话可说。啊，真是大开眼界！"

"马怎么样？"

"没法不看它们。"

"波莱特眼珠子都不转了。"迈克尔说，"她可真是个超凡脱俗的娘们儿。"

"它们的下场确实够惨的。"波莱特说，"不过，我一直盯着看。"

"你感觉还行？"

"我一点没有感到难受。"

"罗伯特·科恩不行了。"迈克尔插嘴说，"当时你的脸色发青，罗伯特。"

"第一匹马确实叫我难受。"科恩说。

"你没有觉得无聊，对吧？"比尔问。

科恩嘿嘿地笑。

"是的。我没有觉得无聊。希望你原谅我那样说过。"

"没关系。"比尔说，"只要你不觉得无聊就好。"

"他看上去并没觉得无聊。"迈克尔说，"不过我当时以为他快吐了。"

"绝没到那个程度。只有一小会儿工夫。"

"我以为他会呕吐的。你没觉得无聊，是不是，罗伯特？"

"别提了，迈克。我已经后悔那样说了。"

"他就那样，你们知道。他脸色绝对青了。"

"哦，算了吧，迈克。"

"第一次看斗牛你绝不应该觉得无聊，罗伯特。"迈克尔说，"不然就糟了。"

"喂，你闭嘴吧，迈克。"波莱特说。

"他说过波莱特是个虐待狂。"迈克尔说，"波莱特可不是个虐待狂。她只是个迷人的、健康的娘们儿。"

"你是个虐待狂吗，波莱特？"我问。

"我希望不是。"

"他说波莱特是个虐待狂，只不过因为她有着食欲旺盛的好胃口。"

"胃口不会老是那么好的。"

比尔扯开话题，不让迈克尔再跟科恩作对。男招待端来了苦艾酒。

"你真的喜欢看斗牛？"比尔问科恩。

"不，还谈不上喜欢。不过我认为那是场精彩的表演。"

"天哪，那还用说！真是大开眼界！"波莱特说。

"马儿上场的那一幕要是去掉就好了。"科恩说。

"马儿不重要。"比尔说，"那段一过，你就再也见不到叫你难受的场面了。"

"只是一开头实在有点刺激。"波莱特说，"牛向马冲去的那一刹那，我觉得特别可怕。"

"那些公牛都挺优良的。"科恩说。

"非常好的牛。"迈克尔说。

"下次我想坐到下面去。"波莱特喝着她杯中的苦艾酒。

"她想近距离地看斗牛士。"迈克尔说。

"他们值得一看。"波莱特说，"那个罗梅罗还是个孩子哩。"

"是个非常酷的小伙子。"我说，"我去过他房间，谁都没有他漂亮。"

"你看他多大年纪?"

"十九或者二十岁。"

"不可思议。"

第二天的斗牛比第一天的还要精彩许多。波莱特坐到第一排,在我和迈克尔的中间,比尔和科恩坐在上面。罗梅罗是这一场的主角。我觉得波莱特眼里就不曾看到过其他斗牛士,除了那些冥顽不化的行家,其他人也都这样,大家眼里都只有罗梅罗。另外还有两位斗牛士,但他们都不值一提。我坐在波莱特身旁,给她解释斗牛是怎么回事。我提醒她,当牛向长矛手冲击的时候,要注意观察牛而别去看马;叫她注意观察长矛手是怎样用长矛瞄准和刺入的。这样才能看出点门道,才能品味出整个斗牛过程的目的和章法,而不仅仅是看到些不可名状的恐怖景象。我要她注意罗梅罗怎样用披风把牛从倒下的马身边引开,怎样用披风吸引牛的注意力,然后平稳而优雅地引牛转身,不让它无谓地消耗体力。她也看出罗梅罗怎样避免冒失的动作,如何保存牛的体力,以便寻找到他认为的最佳时机,作最后一击的;不让它们气喘吁吁、烦躁不安,而是一点一点地耗尽它们的体力。她还看出罗梅罗总是和牛的身体靠得那么近,我又给她指出,别的斗牛士常常搞点障眼法,让人觉得他们和牛靠得很近。

她也明白了,自己为什么喜欢罗梅罗舞弄披风的技艺,而不喜欢别人的。因为罗梅罗从不故意做作地扭摆身躯,他的动作总是那么直截了当、干净利落、从容自然。另外两位的身子像拧螺丝那样不停地扭,抬起胳膊,等牛角刺过去之后才装模作样地用胳膊蹭蹭牛肚子,给人一种华而不实的惊险感觉。这种假动作会使自己变得越来越糟,最终会让人觉得被愚弄了。罗梅罗的斗牛却能让人体验到真正的激情,因为他的动作一直保持着绝对的精纯,每次总是沉着冷静地让牛角紧贴着身边擦过去,但从不刻意强调牛角离他的身子有多近。波莱特看出,有些动作紧靠着牛做就很优美,如果和牛拉开了距离做来就很可笑。我告诉她,自从何塞利托去世之后,斗牛士都逐渐形成一种套路，表面上似乎很惊险，其实只是为了造成扣人心弦的虚假效果，他们并没有任何实质上风险。罗梅罗持守传统的技巧，通过把身躯最大限度地暴露在牛面前来显示其动作的精纯。他就是这样牢牢地掌控着公牛，使它觉得他是不可战胜的，同时自己也做好准备，给它以致命的一击。

"我从没发现他的动作有一点笨拙之处。"波莱特说。

"是呀，除非他害怕了。"我说。

"他永远都不会害怕。"迈克尔说，"他懂得太他妈多了。"

"他一开始就什么都懂。他与生俱来的本领别人一辈子也学不了。"

"而且天哪，他多英俊啊！"波莱特说。

"我敢肯定，你看，她爱上这个斗牛的小子喽。"迈克尔说。

"我并不感到意外。"

"行行好，杰克。别再跟她说这小伙子的事了。告诉她，这帮家伙是怎样揍自己老娘的。"

"再跟我说说他们都是怎样的酒鬼。"

"呀，吓死个人。"迈克尔说，"整天喝得醉醺醺的，揍自己可怜的老娘。"

"他的样子看着像是这样。"波莱特说。

"是吗？"我问。

有人牵来几头骡子，套上死牛，接着把鞭子抽得山响，人们奔跑起来，于是骡子往前猛地使劲，一蹬后蹄，突然飞跑起来，那头死牛的一只角向上撅着，牛头耷拉在地上，身子在沙地上划出一道光滑的拖痕，最后被拖出了红色的大门。

"下次出场的是最后一头牛。"

"不会吧。"波莱特说。她探身趴在栏杆上。罗梅罗挥手叫长矛手各就各位，然后一个立正，贴胸搭着披风，注视着对面公牛上场的方向。

散场以后，我们出来又被紧紧地夹在人群里。

"看斗牛真累人。"波莱特说，"我全身软得像块破布。"

我要她注意罗梅罗怎样用披风把牛从倒下的马身边引开，怎样用披风吸引牛的注意力，然后平稳而优雅地引牛转身，不让它无谓地消耗体力。

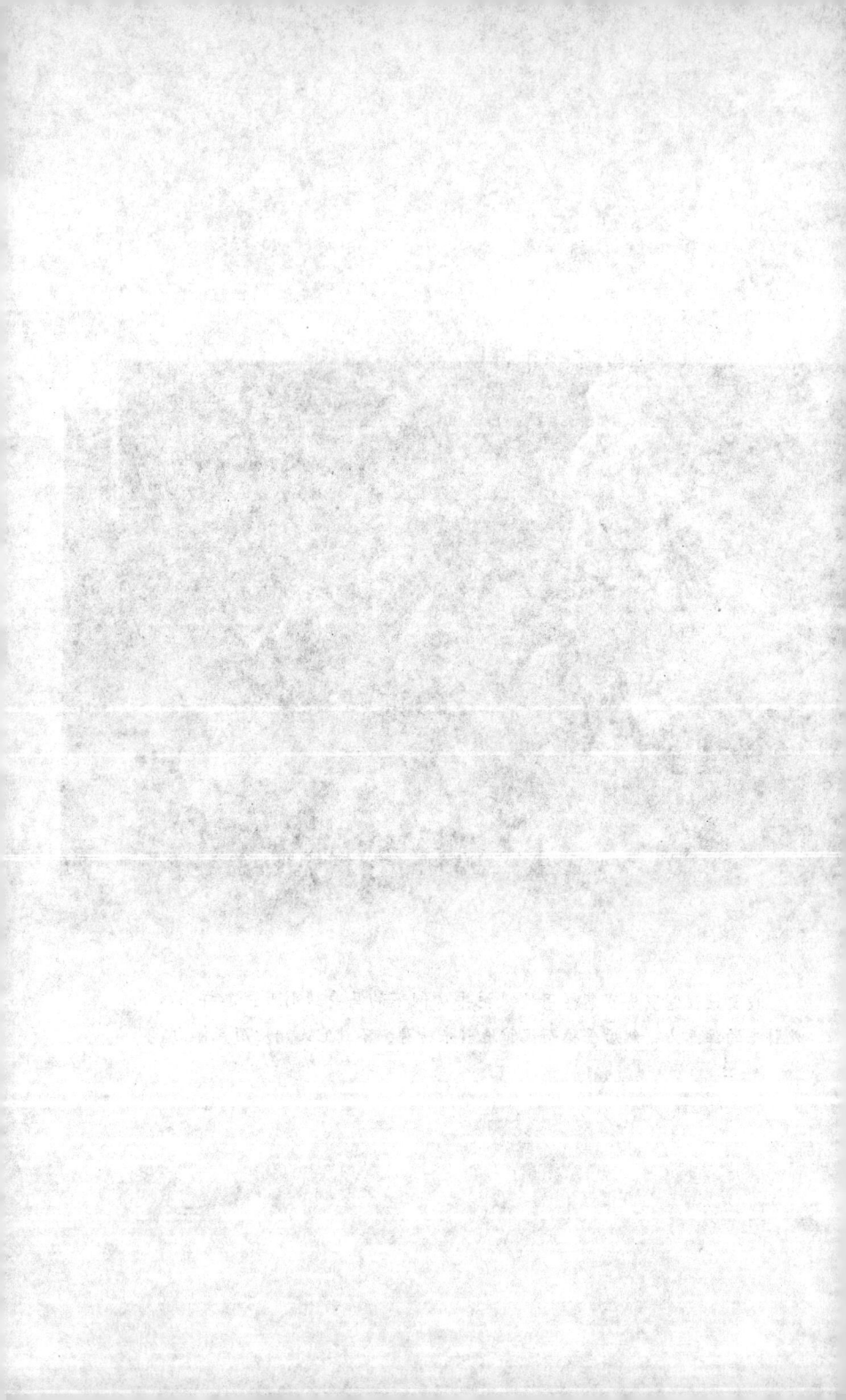

“啊，你去喝一杯吧。”迈克尔说。

第二天佩德罗·罗梅罗没有上场。尽是米乌拉公牛，而且斗得很差劲。第三天没有安排斗牛。但是狂欢活动仍然在不分昼夜地进行。

第十六章

早上开始下雨。海上的浓雾弥漫了群山，山峰都看不见了。高岗显得阴暗、沉闷，树林和房屋也变了模样。我漫步城外观看天色，坏天气跟着乌云从海上翻山而来。

广场上的旗帜湿漉漉地挂在白旗杆顶，条幅也湿淋淋地贴在房屋的前面。不紧不慢的毛毛雨时而夹着阵阵急雨，把人们都赶到街道拱廊下。广场上积起一个个水洼，街道湿了，昏暗了，冷清了，而狂欢活动仍然在无止无休地进行，只是被驱赶到能避雨的地方了。

斗牛场里有篷的座位上都挤满了人，他们坐在那里一边避雨，一边观看巴斯克和纳瓦拉的舞蹈家和歌手们的汇演。接着，卡洛斯谷的舞蹈家们也穿着他们的民族服装冒着雨沿街舞了过来。潮湿的鼓声空洞而发闷，各个舞蹈队的领队骑着步伐沉重的高头大马走在队伍前面，他们穿的民族服装和马披都被雨淋湿了。人们挤在咖啡馆里，跳舞的人也进来坐下，把他们紧裹着白色绑腿的脚伸到桌下，忙着甩去系着铃铛的小帽上的雨水，打开五颜六色的外衣晾在椅子上。外面的雨下得更急了。

我离开咖啡馆里的人们回旅馆刮脸，准备吃晚饭。我正在房间里刮脸的时候，响起了敲门声。

"进来。"我叫道。

蒙托亚走进屋来。

"你好吗?"他说。

"很好。"我说。

"今天没有斗牛。"

"是啊。"我说,"什么都没有,尽下雨了。"

"你的朋友们呢?"

"在'伊鲁涅'。"

蒙托亚窘迫地笑了笑。

"我说。"他说,"你认识美国大使吗?"

"认识呀。"我说,"没人不认识他。"

"他现在就在城里呢。"

"是的。"我说,"每个人都看见他们那一伙了。"

"我也看见他们了。"蒙托亚说。他不再说下去了,我继续刮脸。

"坐吧。"我说,"我叫人拿酒来。"

"不用,我得走了。"

我刮好脸,把脸浸到脸盆里用凉水冲洗。蒙托亚站在那里显得愈加局促。

"你看。"他说,"他们刚从'大饭店'捎信来,说是想请佩德罗·罗梅罗和马西亚尔·拉朗达晚饭后过去喝咖啡。"

"好哇。"我说,"这对马西亚尔不会有任何害处。"

"马西亚尔要在圣塞瓦斯蒂安待上整整一天。他是今儿一早和马尔克斯开车去的。我看他们晚上回不来了。"

蒙托亚局促地站着,他想等我开口。

"别给罗梅罗说这事儿。"我说。

"你真这么想?"

"当然。"

蒙托亚非常高兴。

"我就想听听你的意见,因为你也是美国人。"他说。

"要是我,我就会这样做。"

"你看。"蒙托亚说,"人们竟然这样对待一个孩子。他们根本知道他的价值在哪儿。也不知道他对我们意味着什么。任何一个外国人都可以来捧他。从'大饭店'喝杯咖啡开始，用不了一年，就会把他给彻底毁了。"

"是呀，就像阿尔加贝诺那样。"我说。

"对，就像阿尔加贝诺那样。"

"这样的人可多着呢。"我说，"现在，这儿就有一个美国女人专门来搜罗斗牛士。"

"我知道。她们专挑年轻的。"

"是的。"我说，"年纪大的家伙都发福了。"

"或者像加略那样疯疯癫癫了。"

"哎。"我说，"这个好办。你不告诉他这个事儿就完了呗。"

"他是个多好的小伙子啊。"蒙托亚说，"他应该同自己的人民在一起，不该掺乎这种屁事儿。"

"你不喝杯酒？"我问。

"不喝。"蒙托亚说，"我得走了。"他走了出去。

我下楼出门，沿拱廊绕广场走了一圈。雨还在下。我向"伊鲁涅"门口里瞧了瞧，寻找他们几个，可他们不在，我又绕广场一圈回到旅馆。他们正在楼下餐厅里吃饭呢。

他们已经快吃好了，我也不想赶上他们，也就慢条斯理地吃自己的。比尔正出钱找人给迈克尔擦鞋，一有擦鞋的从街上推开大门招揽生意，比尔就会把他叫过来给迈克尔擦鞋。

"我这双靴子已经是擦第十一遍了。"迈克尔说，"嗨，比尔真是个大傻帽。"

擦鞋的显然把消息传开了，眼下又进来一个。

"要擦靴子吗？"他问比尔。

"不。"比尔说，"给这位老爷擦。"

这鞋童跪在那个正擦着的同行旁边，着手擦起迈克尔那只没人擦的靴子来，那只靴子在灯光里早已雪亮雪亮的了。

"比尔太搞笑了。"迈克尔说。

我还在喝红葡萄酒，落在他们后面，对这个擦鞋的把戏觉得有点不是滋味。我打量了一下餐厅四周,邻桌坐着佩德罗·罗梅罗。看我向他点头示意,他就站起来,请我过去认识一下他的朋友。他的桌子同我们的桌子相邻,几乎伸手可及。给我介绍的这人是马德里的斗牛评论员,个子不高,紧绷着脸。我对罗梅罗说,我非常欣赏他的斗牛功夫,他听了很高兴。我们用西班牙语交谈,评论员会一点法语。我伸手到我们桌上拿酒瓶,但是评论员拉住了我的胳膊。罗梅罗笑了。

"就喝到这儿吧。"他用英语说。他说起英语来非常局促不安,但他打心底喜欢说英语。我们寒暄了几句后,他提出几个把握不准的词让我给讲讲。他渴望知道 Corrida de toros 在英语中的准确翻译是什么。英语翻成 bull-fight,他感到疑惑。我解释说,bull-fight 在西班牙语中意为对 toro 的 lidia。西班牙词 Corrida 在英语中意为 the running of bulls——法语是 Course de taureaux。评论员插了这么一句。西班牙语中没有和 bull-fighi 对应的词儿。

佩德罗·罗梅罗说他在直布罗陀学过点英语。他出生在朗达,在直布罗陀北边不远。他在马拉加的斗牛学校里学习斗牛,到现在才学了三年。斗牛评论员拿他话里偶尔冒出的马拉加方言取笑他。他说他十九岁,哥哥给他当短镖手,但是不住在这个旅馆。他和罗梅罗的其他助手住在一家小客栈里。他问我看过他几次表演,我告诉他只有三次。实际只看过两次,可我已经说错了就不想再解释收回了。

"那一次你在哪里看到我?马德里?"

"是的。"我撒谎。我在斗牛报上读过他在马德里表演的报道,所以还能应付过去。

"第一次出场,还是第二次?"

"第一次。"

"第一次很糟。"他说,"第二次好点。你记得吗?"他问评论员。

他一点都不拘束。他说起自己的斗牛就像和他无关似的,没有一点自得自满或者自我吹嘘的意思。

"你欣赏我的斗牛我非常高兴。"他说,"但是你还没有看到过我的真功夫哩。明天如果能碰上一头好牛,我就尽力给你露一手。"

他说这话时微笑着,唯恐我和斗牛评论员以为他在胡吹。

"我就盼着你露一手呢。"评论员说,"我希望你能让我信服。"

"他不怎么喜欢我的斗牛。"罗梅罗对我说。他是认真说的。

评论员解释说自己非常喜欢,但他的技巧始终不曾完全发挥出来。

"等着看明天的吧,如果能来头好牛的活。"

"你看见过明天上场的牛吗?"评论员问我。

"看见了。我看着它们放出来的。"

佩德罗·罗梅罗探过身来。

"你觉得那些牛怎么样?"

"非常健壮。"我说,"体重估计有二十六阿罗瓦,犄角很短。你没见着?"

"哦,看见了。"罗梅罗说。

"它们不到二十六阿罗瓦。"评论员说。

"是的。"罗梅罗说。

"它们头上长的是香蕉,不是牛角。"评论员说。

"你管那叫香蕉?"罗梅罗问。他朝我笑笑,"你不会把牛角叫成香蕉吧?"

"不。"我说,"再短也是牛角。"

"的确很短。"罗梅罗说,"非常非常短。不过,它们可不是香蕉。"

"嗨,杰克。"波莱特在邻桌喊着,"你把我们扔下不管啦。"

"才一会儿呀。"我说,"我们在谈论公牛呢。"

"看你多神气活现啊。"

"告诉他,公牛都没有蛋蛋。"迈克尔喊着。他喝醉了。

罗梅罗看着我,摸不着头脑。

"他醉了。"我说,"喝多了! 发酒疯呢!"

"给我们介绍一下你的朋友吧。"波莱特说。她一直打量着佩德罗·罗梅罗。我问他们是否愿意同我们一起喝咖啡,他们站了起来。罗梅罗脸色黧黑,举止彬彬有礼。

我把他们介绍给大家,他们本要坐下,但座位不够了,所以我们全都搬到靠墙的大桌子上。迈克尔吩咐来一瓶芬达多酒,再给每人一个酒杯。接着就开始醉话连篇了。

“跟他说,最没用的就是作家。”比尔说,“说吧,告诉他。跟他说我就是作家,根本没脸见人。”

佩德罗·罗梅罗坐在波莱特身边,正听她说话。

“说吧。告诉他!”比尔说。

罗梅罗抬头一笑。

“这位先生。”我说,“是位作家。”

罗梅罗肃然起敬。“那一位也是。”我用手指着科恩说。

“他长得像比利亚尔塔。”罗梅罗望着比尔说,“拉斐尔,你说像不像?”

“我看不出哪点像。”评论员说。

“真的。”罗梅罗用西班牙语说,“他非常像比利亚尔塔。那位醉酒的先生是干什么的?”

“他呀,什么也不干。”

“是不是因为无所事事才喝酒的?”

“不是。他是等着跟这位女士结婚哩。”

“跟他说,公牛没有蛋蛋!”迈克尔在桌子那头大喊大叫,醉得一塌糊涂。

“他说什么来着?”

“他醉了。”

“杰克。”迈克尔喊道,“告诉他,公牛没有蛋蛋!”

“你听得懂吗?”我说。

“懂。”

我知道他听不懂,所以随他怎么说也没事儿。

“告诉他,波莱特想看他穿上那条绿裤子。”

“住嘴。”

"告诉他，波莱特很想知道那么紧的裤子是怎么穿上去的。"

"住嘴！"

此时，罗梅罗一直用手指拨弄着酒杯跟波莱特说话。波莱特说法语，他在西班牙语里夹杂点英语，两人笑逐颜开。

比尔斟满大家的酒杯。

"告诉他，波莱特想钻进他——"

"嘿，住嘴，迈克，看在上帝分儿上！"

罗梅罗笑吟吟地抬眼望望。"住嘴——这个我明白。"他说。

就在这时候，蒙托亚进屋来了。他正要朝我微笑，但是看见佩德罗·罗梅罗手里端着一大杯白兰地，坐在我和一个袒肩露背的女人之间哈哈大笑，同桌的又都是醉汉。他甚至连头都没点一下。

蒙托亚转身走出了餐厅。迈克尔站起来祝酒："我们都来干一杯，为——"他只开了个头，"为佩德罗·罗梅罗。"我说。全桌的人都站起来了，罗梅罗很认真地接受了。我们碰了杯，全都一饮而尽，我特意把这事干得利索一点，因为就怕迈克尔说他祝酒的对象根本不是他。幸而总算如愿以偿。佩德罗·罗梅罗和大家一一握手，就和评论员一起走了。

"我的上帝！这小家伙多可爱呀。"波莱特说，"我好想看看他究竟是怎么穿上那套衣服的呀。他得用个鞋拔才行吧。"

"我正要告诉他呢。"迈克尔又来了，"可杰克老是打岔。你干吗老不让我说完？你以为你的西班牙语比我地道吗？"

"啊，别说了，迈克尔！谁也没有打断你说话。"

"不，我得把话说清楚。"他转过身去，"你以为你是谁呀，科恩？你以为你是我们一伙的？你也算出来好好玩玩的人吗？看在上帝的面上，别在这儿磨磨叽叽的，科恩！"

"好了，打住吧，迈克尔。"科恩说。

"你以为波莱特需要你在这儿吗？你以为你是来给我们助兴的？你干吗不说啦？"

"那天晚上，该说的我都说过了，迈克尔。"

"我可不是你们这帮滥文人一伙的。"迈克尔摇摇晃晃地站起来，靠在桌子边，"我头脑不聪明。但是人家讨厌我的时候，我还是清楚的。你怎么就察觉不到呢，科恩？走吧。走开吧，看在上帝份上。快带走你那忧伤的犹太面孔。难道我说错了？"

他看着我们。

"好哇。"我说，"都到'伊鲁涅'去吧。"

"不。难道我说错了？我爱那个女人。"

"啊，别再翻老账了。安静会儿，迈克。"波莱特说。

"你难道认为我说错了，杰克？"

科恩仍然在桌边坐着。他每逢受到侮辱，脸色就变得蜡黄，但不知为什么，他似乎还有点自得其乐。这些酒后傻里傻气、胡说八道的蠢话，可是他同一位有头衔的夫人之间的私情啊。

"杰克。"迈克尔几乎在喊了，"你知道我说对了。听着，你——"他朝科恩说："走开！马上滚！"

"但是我不会走，迈克尔。"科恩说。

"那我就来叫你走！"迈克尔绕过桌子角向他走过来。科恩起身摘下眼镜。原地等着，脸色蜡黄，双手低垂，骄傲而毅然地迎候即将发生的攻击，准备为心上人来一番战斗。

我一把拽住迈克尔。"去咖啡馆吧。"我说，"你总不能在这个旅馆里揍他。"

"好！"迈克尔说，"好主意！"

我们离开了。当迈克尔跟跟跄跄地上楼梯时，我回头看见科恩又戴上了眼镜。比尔坐在桌旁，又倒了一杯芬达多酒。波莱特坐着，两眼直勾勾地看着前方。外面广场上的雨已经停了，月亮正努力探出云层。刮着风。军乐队在演奏，人群挤在广场对面，焰火技师和他的儿子在试放焰火气球。气球老是一蹦一蹦地大幅度斜向上升，不是被风扯破，就是被吹得乱撞，撞在广场周边的房子上。有的落在人群里。镁光一闪，焰火炸开，在人群里乱窜。广场上没有人跳舞，因为砂砾地面太湿了。波莱特也和比尔一起走出来跟我们会合。我们站在人群中，看焰火大王唐·曼纽尔·奥基托站在一个小平台上，小心翼翼地用杆子把气球送出去，他站得高出大家的头顶，顺风势放出气球。而风把气球一个个都吹了下来。他工艺复杂的焰火落到人堆里，在人们腿间曲里拐弯、噼里啪啦地炸响。只见唐·曼纽尔·奥基托在亮光里，脸上汗如雨下。每当发光的纸球着了火，歪歪扭扭地往下掉的时候，人们就一起尖声喊叫起来。

"他们在嘲笑唐·曼纽尔哩。"比尔说。

"你怎么知道他叫唐·曼纽尔？"波莱特说。

"节目单上有他的名字。唐·曼纽尔·奥基托，本城的焰火制作技师。"

"焰火气球。"迈克尔说，"焰火气球盛大展览。节目单上就这样写的。"

风把军乐声吹到远方去了。

"嗨，哪怕放上去一个也好啊。"波莱特说，"这位唐·曼纽尔都急红眼了。"

"为了放起一组气球，爆炸时还要组成'圣费尔明万岁'，他大概忙了好几个礼拜。"比尔说。

"焰火气球。"迈克尔说，"一堆他娘的焰火气球。"

"走吧。"波莱特说，"我们别在这儿傻站着呀。"

"夫人想喝一杯啦。"迈克尔说。

"你还真懂事啊。"波莱特说。

咖啡馆里面拥挤不堪，人声鼎沸。谁也没注意我们进去，我们也找不到空桌子。只听见一片闹嚷嚷的声音。

"走吧，我们到别处去。"比尔说。

外面，人们在拱廊下散步。有些来自比亚里茨的穿着运动服的英国人和美国人散坐在几张桌子旁，有几个女人用长柄眼镜打量着行人。比尔有一个从比亚里茨来的朋友，已经加入了我们这一伙，她同另一个姑娘住在"大饭店"。那位姑娘头痛，已经上床去睡了。

"酒吧到了。"迈克尔说。这是米兰酒吧，一家低级的小酒吧，这里能提供一般的饭菜，里屋还有人在跳舞。我们全都坐在同一张桌子旁，要了一瓶芬达多酒。店堂没有满座，什么好玩的也没有。

"这是啥鬼地方。"比尔说。

"还太早了。"

"我们把酒拿着，过会儿再回来吧。"比尔说，"这样的夜晚，我可不想坐在这儿。"

"我们去瞧瞧英国人吧。"迈克尔说，"我喜欢看英国人。"

"他们真糟糕。"比尔说，"是打哪儿来的?"

"从比亚里茨来的。"迈克尔说，"他们是来看这古趣盎然的西班牙节日的最后一天狂欢的。"

"我来狂欢给他们看吧。"比尔说。

"你真是貌若天仙。"迈克尔对比尔的朋友说，"你什么时候到的?"

"别胡闹，迈克。"

"我说，她的确是位可爱的姑娘。我在哪里呀?这一阵我在哪里呀?你真是个可爱的小妞。我们见过面吗?跟我和比尔走吧。我们狂欢给英国人看去。"

"我狂欢给他们看。"比尔说，"他们在这个节日到底要干什么呀?"

"走吧。"迈克尔说，"就我们三个，我们狂欢给这帮该死的英国佬看去。希望你不是英国人。我是苏格兰人。我讨厌英国人。我要去涮涮他们。走哇，比尔。"

透过窗户，我们看见他们三人臂挽着臂向咖啡馆走去。广场上又不断升起冲天炮。

"我在这里坐一会儿。"波莱特说。

"那我陪着你。"科恩说。

"哟，不用!"波莱特说，"看在上帝分儿上，你去别的地方玩去。你看不出我想跟杰克说会儿话吗?"

"没看出来。"科恩说，"我想在这里坐着是因为我感到有点醉了。"

"你硬要同别人坐在一块儿，这算个什么理由呀。你要是喝醉了就回去，睡觉去。"

"我对他太粗暴了吧?"波莱特问。科恩已经走了，"上帝呀，我烦透他了!"

"他的确不能让人高兴起来。"

"他让我很压抑。"

"他的行为很不像话。"

"太不像话了。他原本有机会表现好点的。"

"他现在也许就在门外等着哩。"

"是呀,他会的。你瞧,我知道他在想什么。他总是不愿意相信我只是和他玩玩而已。"

"我知道。"

"谁也不会像他那样烦人。唉,我对这一切都烦透了。还有迈克尔。他也真够可以的。"

"这一阵发生的事也使迈克尔受不了。"

"是的,但也用不着那么恶劣啊。"

"只要机会合适。"我说,"人人都会表现出恶劣来。"

"你就不会呀。"波莱特望着我说。

"我要是科恩,也会像他那样干蠢事的。"

"亲爱的,咱们就别尽说废话啦。"

"好吧,你喜欢说什么咱们就说什么吧。"

"别这样别扭。我只有你一个知心的人,今晚上我觉得糟透了。"

"你还有迈克呀。"

"是的,迈克。可他的表现就好吗?"

"是啊。"我说,"看到科恩跟着你转,总想粘着你,实在使迈克太难堪了。"

"难道我还不知道吗,亲爱的?请别让我觉得比现在更糟啦。"

波莱特烦躁不安,我过去从没见过她这样,她一直避着我的目光,看着前面的墙壁。

"想出去走走吗?"

"好。走吧。"

我塞好酒瓶,递给管酒吧柜的男招待。

"我们再喝一杯。"波莱特说,"我的神经紧张极了。"

我们每人又喝了一杯这种柔和淡味的白兰地。

"走吧。"波莱特说。

我们一出门，就看见科恩从拱廊下走出来。

"他真的一直待在那儿。"波莱特说。

"他真的离不开你。"

"可怜的家伙!"

"我不为他惋惜。我讨厌他，我自己。"

"我也讨厌他。"她打了个寒噤说，"我反感他这种该死的痛苦。"

我们挽着胳臂，沿着一条小巷，远离人群和广场的灯光向前走。街道又暗又湿，我们顺着城边向城防工事走去。我们路过一家家酒店，灯光从店门射出来，照在黑暗潮湿的街道上，忽然间乐声大作。

"想进去吗?"

"不。"

我们穿过湿漉漉的草地，登上城防工事的石墙。我在石头上铺上报纸，波莱特坐了下来。越过黑暗的平原，能看到远方的山峦。高空的风吹送着白云掠过明月。我们脚下是城防工事漆黑的掩体，身后是树木及大教堂的阴影，月光清晰地衬托出城市的黑色剪影。

"别难受了。"我说。

"我难受得像在地狱。"波莱特说，"我们别出声。"

我们眺望原野，排成长列的树在月光下黑漆漆的。一辆汽车在盘山公路上闪着灯光。我们还能看见山顶上古堡里射出来的灯光。左下方的河，雨后上涨，平静的河面漆黑一片，两岸延伸的树林也漆黑一片。我们就这样坐着眺望。波莱特直视前方，突然间打了个寒噤。

"冷了。"

"想回去?"

"从公园穿过去吧。"

我们爬下石墙。天又阴了，公园的树林里很黑。

"你还爱我吗，杰克?"

“当然。”我说。

“就因为我不可救药。”波莱特说。

“什么意思?”

“我确实不可救药了。我被那个小伙子罗梅罗迷得发疯。我想我已经爱上他了。”

“如果换作是我就不会。”

“我控制不住呀,我算完了。我心里边闹腾得慌。”

“不能继续下去。”

“我控制不住。我从来就控制不住自己。”

“你应该就此打住。”

“怎么可能呢? 我顶不住。感觉到了吗?”

她的手在不停地发抖。

“我浑身都在这样哆嗦。”

“你不该这么做。”

“我控制不住。我反正是不可救药了。你看不出来?”

“看不出来。”

“我一定要行动。我得做一件我真正想做的事了。我已经丧失了自尊。”

“你完全可以不这样做。”

“唉,亲爱的,你别难为我了。那个天杀的犹太佬成天缠着我,迈克又是那样为所欲为,你想我怎么受得了?”

“倒也是。”

“我也不能老这样喝得醉醺醺的呀。”

“是啊。”

“哦,亲爱的,请你待在我身边。求你了,帮帮我。”

“我当然会。”

“我不认为这么做是对的,可我这样做才是最合适的。上帝知道,我从来不曾觉得自己这么贱。”

“你要我怎么帮呢?”

“走。”波莱特说,“我们找他去。”

在公园里，我们一起沿着树下的砾石路摸黑走，钻出树林，穿过大门，走上进城的大道。

佩德罗·罗梅罗在咖啡馆里。他和其他斗牛士以及斗牛评论员们同坐一桌，他们在抽雪茄。我们进去的时候，他们都抬头看看，罗梅罗向我们微笑并欠身致意。我们在屋子中间的一张桌子旁坐下。

"请他过来喝一杯。"

"等等。他自己会过来的。"

"我不能朝他看。"

"他看上去很帅。"我说。

"我向来就任性，想干什么就干什么。"

"我知道。"

"我真觉得自己是个坏女人。"

"得了吧。"我说。

"我的上帝！"波莱特说，"身为女人得遭多少罪呀。"

"是吗？"

"唉，我真觉得自己是个坏女人。"

我向那张桌子望过去，佩德罗·罗梅罗微微一笑。他跟同桌的人说了句什么话，然后站起身来，走到我们桌子边。我站起来跟他握握手。

"你来一杯好吗？"

"你们得陪我喝一杯。"他说。他用眼神请求波莱特允许，然后坐下。他真是礼数周全。但他还在不停地抽雪茄，这和他的面貌很相配。

"你喜欢抽雪茄？"我问。

"哦，喜欢。我一直抽雪茄。"

抽烟让他显得更有派头，也使他显得成熟些。我注意看他的皮肤，既干净又光滑，黝黑黝黑的。他颧骨上有一块三角形的疤痕。我察觉他在注视着波莱特。他感觉到他们之间有种默契。波莱特伸手给他的时候，他就该感觉到了。他非常谨慎。我想他已经很有把握，但他想做到万无一失。

"你明天上场？"我问。

"是的。"他说，"阿尔加贝诺今天在马德里受了伤。你听说了吗？"

"还没听说。"我说，"伤势很严重？"

他摇摇头。

"不要紧。这儿。"他伸出手说。波莱特伸手掰开他的手指头。

"哈!"他用英语说，"你经常给人看手相？"

"偶尔吧。你会介意吗？"

"不。我很乐意。"他把手摊平放在桌上，"告诉我，我会长生不老，还能成为百万富翁。"

他还是那么斯文，但更自信了。"瞧。"他说，"从我手上看得出我命中有牛吗？"

他开心地大笑起来。他的手非常纤秀，手腕很细。

"有成千上万头哪。"波莱特说，现在她现在完全正常了，看起来很可爱。

"好哇。"罗梅罗笑着说，"每头值一千杜罗。"他用西班牙语对我说，"你再多说几句。"

"这只手好福态。"波莱特说，"我看他会长命百岁的。"

"对我说。别跟你的朋友说呀。"

"我刚才说的是，你会长命百岁。"

"这个我知道。"罗梅罗说，"我永远都不会死的。"

我用指尖轻轻扣了扣桌子（迷信的做法，为了抵消罗梅罗藐视命运的大话带来的后果——译者注），罗梅罗注意到了，他摇了摇头。

"不，不必这样。公牛是我最好的朋友。"

我给波莱特翻译了一下。

"那你会杀害自己的朋友？"她问。

"经常的呀。"他用英语说完就笑了，"所以它们就杀不死我了。"他望着桌子对面的波莱特。

"你的英语说得不错嘛。"

"是的。"他说，"有时候说得很好。但不能让别人知道。一个斗牛士居然说英语，那是很不像话的。"

"为什么不可以说?"波莱特问。

"很不得体呀。观众会不满意的。眼下还不行。"

"为什么不行?"

"他们会不高兴的。那不像斗牛士的样子。"

"斗牛士该是什么样子?"

他笑着把帽子拉下来扣在眼睛上，把叼着的雪茄换了个角度，脸上也换了一副表情。

"像那边桌上的人。"他说。我向那边瞟了一眼，他模仿纳斯奥诺的神情惟妙惟肖。他笑了，脸上的表情恢复原样。"不行。我必须把英语忘掉。"

"现在先别忘掉啊。"波莱特说。

"别忘掉?"

"对。"

"好吧。"

他又笑了起来。

"我喜欢像他那样的帽子。"波莱特说。

"好呀，我给你弄一顶。"

"好。说话算数。"

"一言为定。今儿晚上就给你弄到手。"

我站起身，罗梅罗也跟着起身。

"你坐着。"我说，"我得去找找我们那几个伙计，把他们带来。"

他看了我一眼。这最后的一眼，在问我是否明白了他的意思。我完全明白了。

"你坐下。"波莱特对他说，"你还得教教我西班牙语呢。"

他坐下来，隔着桌子望着她。我走出咖啡馆，斗牛士那桌上的人冷冷地目送我出门，这种滋味可不好受。二十分钟后我再回来时，顺便踅进咖啡馆瞧瞧，波莱特和佩德罗·罗梅罗已经不在了。咖啡杯和我们的三个空白兰地酒杯还在桌上。一个男招待拿着块抹布过来，收起杯子，把桌子擦干净。

第十七章

在米兰酒吧门外，我找到比尔、迈克尔和埃德娜。埃德娜就是那个姑娘。

"我们被赶出来了。"埃德娜说。

"被警察。"迈克尔说，"里面有人看我们不顺眼。"

"他们有四次差点跟人打架，都是我给拦住了。"埃德娜说，"你本该帮我一把的。"

比尔的脸红了。

"进去吧，埃德娜。"他说，"你和迈克到酒吧里跳舞去。"

"别傻了。"埃德娜说，"那只会再闹出一场风波。"

"这帮该死的比亚里茨猪。"比尔说。

"进去吧。"迈克尔说，"这里毕竟是个酒吧。他们哪能独霸整个酒吧呀。"

"我的好迈克。"比尔说，"该死的英国猪跑到这儿来侮辱了迈克，还想把狂欢节给毁了。"

"他们太混账了。"迈克尔说，"我恨英国人。"

"他们不该这样侮辱迈克。"比尔说，"迈克是个大好人。他们就是不该侮辱他。我看不下去了。即便他破产了又怎么样?"他的嗓子哽住了。

"谁在乎呢？"迈克尔说，"我不在乎，杰克不在乎，你呢？"

"我也不在乎。"埃德娜说，"你是个破产者吗？"

"我当然是个破产者。可你不在乎，是不，比尔？"

比尔用一只手臂搂着迈克尔的肩膀。

"但愿我自己也是个破产者，好给这帮杂种一点颜色看看。"

"他们不过就是些英国人。"迈克尔说，"不管他们胡说什么，都没人在乎。"

"卑鄙的畜牲。"比尔说，"我去把他们都赶走。"

"比尔。"埃德娜叫道，眼睛望着我，"求你别再进去了，比尔。他们只是些大傻瓜。"

"就是嘛。"迈克尔说，"他们愚不可及。我早就清楚他们的老底儿。"

"他们不该说那种话来伤害迈克。"比尔说。

"你认识他们吗？"我问迈克尔。

"不认识，从没见过他们。可他们说认识我。"

"我忍不下去了。"比尔说。

"算了，我们到'苏伊佐'去。"我说。

"他们一伙是埃德娜的朋友，从比亚里茨来的。"比尔说。

"他们简直就是一帮蠢货。"埃德娜说。

"有一个叫查利·布莱克曼，是从芝加哥来的。"比尔说。

"我从来没在芝加哥待过。"迈克尔说。

埃德娜不禁哈哈大笑起来，怎么也止不住。

"带我离开这儿吧。"她说，"你们这些破产者。"

"怎么吵起来的？"我问埃德娜。我们正在广场上往"苏伊佐"走，比尔不见了。

"我也不知道是怎么开始吵的，只见有个人找来警察，把迈克尔从里屋轰了出来。有些人在戛纳就认识迈克尔——迈克尔究竟怎么啦？"

"大概欠他们钱了吧。"我说，"这种事最容易结仇。"

在广场的售票亭前，有两行人排队等着买票。他们有的坐在椅子上，有的蜷缩在地上，身上裹着毯子和报纸。他们在等售票口早上开窗，好买斗牛票。夜空开始晴朗起来，月亮露出来了。有些排队的人睡着了。

进了苏伊佐咖啡馆，我们刚坐下叫来芬达多酒，科恩就来了。

"波莱特在哪儿？"他问。

"我怎么知道。"

"她刚才不是跟你在一起嘛。"

"可能回去睡觉了。"

"没有。"

"我不知道她在哪儿。"

灯光下，只见他脸色又变得蜡黄。他站起身来。

"告诉我，她在哪儿。"

"你坐下。"我说，"我不知道她在哪儿。"

"你他妈的能不知道！"

"你给我住嘴。"

"告诉我波莱特在哪儿。"

"无可奉告。"

"你知道她在哪儿。"

"就算我知道也不会告诉你。"

"嘿，你滚开，科恩！"迈克尔在桌子那头喊，"波莱特跟斗牛那小子跑了，他们正在度蜜月哪。"

"闭上你的嘴。"

"哼，你滚吧！"迈克尔无精打采地说。

"她真的跟那小子跑了？"科恩转身问我。

"你滚吧！"

"刚才她跟你在一起的。她真的跟那小子跑了？"

"你滚！"

"我会让你告诉我的。"——他向前迈了一步——"你这该死的皮条客。"

我挥拳打过去，他躲开了，我看他的脸在灯光下往旁边一闪。

他击中我一拳，我倒下去，坐在人行道上。还没站起来，他又接连击中我两拳，我仰天倒在一张桌子下面。我竭尽全力想站起来，可发现两条腿不听使唤了。我觉得必须站起来设法还他一拳。迈克尔扶我起来，有人朝我头上浇了一瓶水。迈克尔用一只胳膊搂着我，我才察觉自己已经坐在椅子上了。迈克尔在扯我的耳朵。

"嗨，你刚才晕过去了。"迈克尔说。

"你这该死的，刚才躲哪儿去啦？"

"哦，我就在这儿啊。"

"你不想蹚浑水？"

"他把迈克也打倒在地了。"埃德娜说。

"他没有把我打昏。"迈克尔说，"我只是躺着一时爬起不来。"

"在节日期间是不是天天夜里都会发生这种事？"埃德娜问，"那位不是科恩先生吗？"

"我没事了。"我说，"只是头还有点发晕。"

周围站着几个男招待和一群人。"滚开！"迈克尔说，"走啊。走开呀。"

男招待把人群驱散了。

"这种场面值得一看。"埃德娜说，"他大概是个拳击手。"

"正是。"

"比尔在这儿就好了。"埃德娜说，"我巴不得比尔也给打翻在地。我一直想看看比尔被打倒是什么样的，他块头那么大。"

"我当时巴望他打倒一名男招待。"迈克尔说，"然后被抓起来。罗伯特·科恩先生被关进监狱我才高兴呢。"

"别这么说。"我说。

"啊，不会吧。"埃德娜说，"你是说着玩儿的。"

"我说的可是真心话。"迈克尔说，"我不是那种心甘情愿挨揍的人。我甚至从不玩游戏。"

迈克尔喝了一口酒。

"你知道，我从不喜欢打猎。因为随时都有被马压着的危险啊。你感觉怎么样，杰克？"

"还好。"

"你这人不错。"埃德娜对迈克尔说，"你真破产了？"

"我是个如假包换的破产户。"迈克尔说，"我欠了不知多少人的债。你没有欠债吗？"

"多着哪。"

"我欠了许多人的债。"迈克尔说，"今儿晚上我还找蒙托亚借了一百比塞塔。"

"你他妈还真借呀。"我说。

"我会还的。"迈克尔说，"我一向都是有借有还。"

"所以你才成了破产者，对吗？"埃德娜说。

我站起身来，刚才听他们说话，就好像是从远处传来的，完全像是一出演砸了的话剧。

"我要回旅馆去了。"我说。然后听见他们在谈论我。

"他不要紧吗？"埃德娜问。

"我们最好陪着他一起走。"

"我没事。"我说，"你们不用来。我们之后再见。"

我离开咖啡馆，他们还坐在桌旁。我回头望望他们和其余的空桌，有个男招待双手托着脑袋坐在一张桌子边。

我穿过广场回旅馆，一路所见似乎都变得面目全非了。好像过去从没见过这些树，从没见过这些旗杆，也从没见过这剧院的门面。一切都那么陌生。记得有一次我从城外打完橄榄球回家，就曾有过这种感觉。我提着装橄榄球装备的皮箱，从车站走大街回家。我前半辈子都住在这座城市里，但一切都不认识了。有人拿耙子在草坪上耙落叶，有人在路上烧枯叶，我停住脚步看了老半天，一切都那么生疏。然后我继续往前走，我的双脚好像离我老远，所有东西都好像离我老远，我听见自己的脚步声也离我老远。那次，球赛一开始，我的头就被人踢中了。此刻我穿过广场时的感觉就跟那时一个样。我带着那种感觉走上旅馆的楼梯，费了好长时间才爬到楼上，我觉得手里好像还提着那个皮箱。屋里的灯亮着，比尔出来在走廊里接着我。

"嗨。"他说，"去看看科恩吧。他出了点问题，正在找你。"

"让他见鬼去吧。"

"去吧，去看看他。"

我不想再爬一层楼了。

"你那么瞧着我干吗？"

"我没有瞧你。上去看看科恩吧，他的样子糟透了。"

"你刚才喝醉了。"我说。

"我现在还醉着哩。"比尔说，"不过你上去看看科恩吧，他想见你。"

"好吧。"我说。只不过多爬几级楼梯就是了。我提着幻觉中的皮箱继续上楼，沿着走廊来到科恩的房间。门关着，我敲了下门。

"谁？"

"巴恩斯。"

"进来，杰克。"

我开门进屋，放下我的皮箱。屋里没开灯，科恩在黑暗中趴在床上。

"嗨，杰克。"

"别叫我杰克。"

我站在门边——那次回家我也是这样的。现在我迫切需要洗一个热水澡，满满一缸热水，仰脸躺在里面。

"浴室在哪儿？"我问。

科恩在哭。他就这么样儿，趴在床上，哭。

他穿着一件白色马球衫，就是他在普林斯顿穿过的那种。

"对不起，杰克。请原谅。"

"原谅你？去你妈的。"

"请原谅我，杰克。"

我没理他，就靠在门边站着。

"我当时疯了。你应该理解是怎么回事。"

"啊，没关系。"

"我一想到波莱特就受不了。"

“你骂我皮条客。”

我其实并不在乎这个，只想洗个热水澡，只想在满满一缸水里洗个热水澡。

“我明白过来了。请你别记在心上。是我疯了。”

“没关系。”

他在哭，哭声很滑稽。他在黑暗中穿着白短衫躺在床上，他的马球衫。

“我打算明儿一早就走。”

他在不出声地哭泣。

“一想到波莱特，我就受不了。我经受了百般煎熬，杰克，简直是活受罪。自打我在这儿跟波莱特会面以来，她就把我当作一个完全不认识的人。我实在受不了啦。我们还在圣塞瓦斯蒂安同居过的，我想你也知道这件事。我再也受不了啦。”

他就这样趴在床上。

“得了。”我说，“我要去洗澡了。”

“你曾经是我唯一的朋友，我过去是那么爱着波莱特。”

“得了。”我说，“再见吧。”

“我看一切都完了。”他说，“都他妈完了。”

“什么？”

“一切。请你说一声你原谅我了，杰克。”

“那当然。”我说，“没关系了。”

“我就像在地狱里，心情糟透了。杰克。如今一切都完了。一切。”

“好了。”我说，“再见吧。我得走了。”

他翻身坐在床沿上，然后站了起来。

“再见，杰克。”他说，“你还愿意跟我握握手，是吧？”

“当然啰，干吗不呢？”

我们握握手，在黑暗中我看不大清他的脸。

“好了。”我说，“明儿见。”

“我明儿一早就走了。”

"哦，对。"我说。

我走出门，科恩站在门口。

"你没问题吧，杰克?"他问。

"没有。"我说，"我没事。"

我一下子找不到浴室，过了一会儿才找到，浴室里有个很深的石头浴缸。我拧开龙头，没水。我在浴缸边上坐了一会儿。当我站起来要走的时候，发现我的鞋子已经脱掉了。我到处找鞋，找到了，就拎着鞋子下楼。我找到自己的房间，走进去，脱掉衣服上了床。

我醒来的时候觉得头疼。听见大街上过往乐队喧闹的乐声，我想起曾经答应带比尔的朋友埃德娜去看奔牛沿街跑向斗牛场的。于是穿上衣服，下楼走到外面清晨冷冽的空气中。人们正穿越广场，急匆匆向斗牛场走去。广场对面，售票亭前排队的两行人还在等着七点钟开窗卖票。我快步跨过街道进了咖啡馆，男招待告诉我，我的朋友们已经来过又走了。

"他们一共几个人?"

"两位先生和一位小姐。"

这就行了，比尔和迈克尔跟埃德娜在一起。她昨天夜里怕他们会长醉不醒，所以坚持要我带上她。我喝完咖啡，裹在人群里急忙赶到斗牛场。这时，我醉意全消，只是脑瓜子疼得厉害。四周的一切看来鲜明而清晰，城里散发着清晨的气息。

从城边到斗牛场那段路泥泞不堪，通往斗牛场的栅栏沿途都站满了人，斗牛场的外看台和屋顶上也全是人。我听见冲天炮的爆炸声，知道已经来不及进去看奔牛入场了，所以就从人群中挤到了栅栏边。我被挤得紧紧贴着栅栏上的板条。在两道栅栏之间的跑道上，警察在驱赶人群，他们有的走有的小跑着进入斗牛场。然后出现了奔跑的人们。一个醉汉滑了一跤，摔倒在地，两名警察抓住他，把他拖到栅栏边。这时候人群开始飞奔，人群中发出震耳欲聋的呼喊，我把头从板缝中伸出去，看见牛群刚跑出街道进入这两道栅栏之间的甬道。它们跑得很快，逐渐追上了人群。就在这关头，又一名醉汉从栅栏边跑进去，双手抓着一件衬衫，想拿它当披风来同牛斗一场。两名警察一个箭步跨上前去，揪住他的衣领，有一个给了他一警棍，把他拖到栅栏边，让他紧贴在栅栏站着，直到最后一批人群和牛群跑过去。在奔牛群前面有实在太多的人在狂奔，因此在进入斗牛场大门的时候，人群拥堵起来，并且放慢了脚步。当笨重的、腰腹溅满泥浆的奔牛摆动着犄角，一起冲过去的时候，一头奔牛脱颖而出，在奔跑着的人群中用犄角抵中一个人的脊背，把他挑了起来。当牛角扎进人体的时候，这人的两臂耷拉在两侧，头向后仰着。牛把他举了起来，然后把他摔在地上。这头牛又瞄准了跑在前面的另一个人，但那个人躲到人群中了。人们在牛群追赶下涌进大门，进入了斗牛场。斗牛场的红色大门关上了，斗牛场外看台的人们拼命挤进场去。场内突然发出一阵喊叫，接着又是一阵喊叫。

被牛抵伤的那人脸朝下躺在被人踩烂了的泥浆里。人们翻过栅栏，紧紧围在他周围，我看不见这个人了。斗牛场里传出阵阵叫喊声，每一阵喊声都说明有牛冲进人群。根据叫喊声的强弱，你就可以知道刚发生的事情糟到什么程度。又一个冲天炮升上天空，它表明阉公牛已经把公牛引出斗牛场，进入牛栏了。我离开栅栏，动身回城。

回到城里，我去咖啡馆再喝了杯咖啡，吃了点涂黄油的烤面包。男招待正在扫地、抹桌子。一个男招待过来，听我还要什么点心。

"把奔牛赶进牛栏时出过什么事？"

"我没有看到全过程。只看见有个人给抵伤了，伤得很重。"

"伤在哪儿？"

"这儿。"我把一只手放在后腰上，另一只手放在胸前，表示那只牛角好像是从这里穿出来的。男招待点点头，用抹布揩掉桌上的面包屑。

"伤得那么重。"他说，"就为了解闷儿，就为了取乐。"他走了，回来的时候拿着长把的咖啡壶和牛奶壶。牛奶和咖啡从两个长壶嘴里分做两股斟入大杯里。男招待点点头。

"扎透脊背，伤得很重。"他说。他把两把壶放在桌上，在桌边的椅子上坐下来。"扎得太深了。就为了好玩，仅仅是为了好玩。你怎么看？"

"我说不好。"

"就那么档子事儿，只是为了好玩。好玩，你懂吧？"

"你不是个斗牛迷吧？"

"我？牛是啥——畜牲，残暴的畜牲。"他站起来，把一只手捂在后腰上。"正好扎透脊背。扎透脊背的抵伤，只为了消遣——你懂的。"

他摇摇头，拿着咖啡壶走了。有两个人打街上路过。男招待大声喊他们，他们脸色阴沉。一个人摇摇头："Muerto!"他叫道。

男招待点点头。两人继续赶路，他们有事在身。男招待走到我桌边。

"你听见啦？Muerto，死了，他死了！让牛角扎穿了。全是为了一个早晨的开心。真是太疯狂了。"

"太糟了。"

"我看不出来。"男招待说，"我可看不出有什么好玩的。"

当天晚些时候，我们得悉被抵死的人叫维森特·吉罗尼斯，是从塔法利亚附近来的。在第二天的报上我们又看到：他才二十八岁，有一个农场，还有老婆和两个孩子。他从结婚以后，每年都要来参加奔牛节。他妻子第二天从塔法利亚赶来守灵，第三天在圣费尔明小教堂举行丧葬仪式。塔法利亚舞蹈饮酒会的会员们抬着棺材到车站，鼓手开路，笛子手吹奏哀乐，抬棺人的后面跟着死者的妻子和两个孩子。……在他们后面列队跟随的是潘普洛纳、埃斯特拉、塔法利亚和桑盖萨所有能够赶来过夜并参加葬礼的舞蹈饮酒会成员。棺材装进火车的行李车厢，寡妇和两个孩子一起坐在一节敞篷的三等车厢里。火车猛然一抖就启动了，然后平稳地绕着高岗边缘下坡，行驶在一马平川的庄稼地里，一路向塔法利亚驰去，地里的庄稼随风摆动着。

挑死维森特·吉罗尼斯的那头牛名叫"黑嘴"，是桑切斯·塔凡尔诺养牛场的第118号公牛。它是当天下午被杀的第三头，是佩德罗·罗梅罗杀死的。在观众的欢呼声中，牛耳朵被割下来，献给佩德罗·罗梅罗，罗梅罗又转送给波莱特，她用我的手帕把牛耳朵包好。后来回到潘普洛纳的蒙托亚旅馆，她就把这两样东西——牛耳朵和手帕，连同一些穆拉蒂牌烟头，使劲塞在床头柜抽屉的最里边。

我回到旅馆，守夜人坐在大门里面的板凳上。他整夜守候在那里，已经困倦不堪了。我一进门，他就站起来。三名女招待和我同时进门，她们在斗牛场看了早场，嘻嘻哈哈地走上楼去。我跟在她们后面上楼，走进自己的房间。我脱掉皮鞋，倒头躺下。朝阳台的窗子开着，阳光照得满屋通明。我并不觉得困。我睡着时想必已经三点半，乐队在六点把我吵醒了。我下巴两侧都感到疼，我用手指摸摸疼痛的地方。该死的科恩。他第一次受到了欺侮时就该揍人，然后一走了之。他居然那样深信波莱特爱他，所以要待下去，以为忠实的爱情会征服一切。有人来敲门了。

"进来。"

是比尔和迈克尔，他们在床上坐下。

"圈牛，很精彩。"比尔说，"非常精彩。"

"嗨，你难道不在现场？"迈克尔问，"按铃叫人送些啤酒来，比尔。"

"带劲儿的早晨！"比尔说，他抹了抹脸，"天哪！真带劲儿！可我们的破杰克躺在这儿。破杰克啊，人体沙袋。"

"斗牛场里出了什么事？"

"上帝！"比尔说，"出了什么事，迈克？"

"那些牛冲进场子。"迈克尔说，"人们就在它们前面跑，一个家伙被绊倒了，接着倒了一大片。"

"牛群都冲进去，从他们身上践踏过去。"比尔说。

"我听见他们叫喊了。"

"那是埃德娜。"比尔说。

"不断有人从人群里跑出来，挥舞他们的衬衫。"

"有头公牛沿着第一排座位前的栅栏跑，见人就挑。"

"大约有二十个家伙送进医院了。"迈克尔说。

"多带劲儿的早晨！"比尔说，"多管闲事的警察把那些想在牛角下自杀的人接二连三地都逮起来了。”

“最终是阉公牛把它们引进去的。”迈克尔说。

“持续了一个多钟头。”

“实际上只有一刻钟左右。”迈克尔反驳说。

“去你的吧。”比尔说，“你在战争中受过伤。我可觉得有两个半钟头。”

“啤酒还没来吗？”迈克尔问。

“你们把可爱的埃德娜怎么啦？”

“我们刚送她回去。她上床了。”

“她喜欢看吗？”

“非常喜欢。我们告诉她天天早晨都这样。”

“给她留下极深的印象。”迈克尔说。

“她要我们也下斗牛场去。”比尔说，“她太喜欢刺激了。”

“我说，这样对我的债主们很不利。”迈克尔说。

“今儿早晨真带劲儿。”比尔说，“夜里也带劲儿！”

“你的下巴现在怎么样，杰克？”迈克尔问。

“疼着呢。”我说。

比尔笑了。

“你为什么不拿椅子砸他呢？”

“你说得倒轻巧。”迈克尔说，“要是你在场，也会把你给打晕的。我根本没看见他是怎么揍我的。回想起来，刚刚看见他站到我前面，不知怎么的突然间我就坐在大街上了，而杰克躺在桌子底下。”

“后来他上哪儿去啦？”我问。

“她总算来了。”迈克尔说，“这位漂亮的小姐拿啤酒来了。”

女招待把盛着啤酒瓶和玻璃杯的托盘放在桌上。

“再去拿三瓶来。”迈克尔说。

“科恩揍了我以后到哪儿去了？”我问比尔。

“难道你不知道？”迈克尔动手开了一瓶啤酒。他拿一个玻璃杯紧贴着瓶口，往里倒啤酒。

"真的不知道?"比尔问。

"啊,他来到这里,在斗牛小伙的房间里找到他和波莱特,然后就宰了那可怜又可恶的斗牛士。"

"不可能!"

"真的。"

"这一夜太带劲儿了!"比尔说。

"他差一点就把他给宰了,然后要带波莱特一起走。我看,他是想跟她正式结婚吧,那场面太感人了。"

他喝了一大口啤酒。

"他是头蠢驴。"

"后来怎么样?"

"波莱特把他数落了一通。她责备他,我认为她真有一套。"

"那当然啦。"比尔说。

"接着科恩情不自禁地痛哭起来,要跟斗牛士握手,还想跟波莱特握手。"

"我知道。他还跟我握手了呢。"

"是吗?可是他们才不情愿跟他握手呢。斗牛的小伙是好样的,他什么也不说,但每次都自己爬起来,接着又被打倒在地。科恩硬是没法把他打晕,那场面一定非常好玩。"

"你这前后经过是从哪儿听来的?"

"波莱特告诉我的,今天早晨我看见她了。"

"最后怎么样?"

"据说那时斗牛士坐在床上。他起码被击倒了十五次,但还是不肯罢休。波莱特按住他,不让他站起来。他已经很虚弱,但波莱特还是按不住他,他又站起来了。这时候科恩说,他不能再揍他了。他说再揍就太不仗义了。斗牛的小伙挣扎摇摇晃晃地向他走去。科恩被逼得退后靠在墙上。

"'这么说来你是不想揍我了?'"

"'对。'科恩说。'我下不了手了。'"

"于是斗牛士用足全身力气往科恩脸上狠揍一拳,然后坐倒在地上。波莱特说他爬不起来了，科恩想扶他到床上。可他说，科恩要是扶他，他就要他的命。还说什么要是科恩今天上午还不离开这里，他无论如何也要置他于死地。科恩哭了，波莱特责备过他了，但他还要跟他们握手。这我已经说过了。”

“说完了。”比尔说。

“看来这斗牛的小伙当时坐在地板上积蓄力量，等蓄足了好再站起来揍科恩。波莱特哪里肯同科恩握手，科恩就哭诉起来，说他多么爱她；她呢，对他说不要做头十足的蠢驴。跟着科恩弯下腰去和斗牛士握手。你知道，不想伤了和气嘛，完全是为了请求宽恕。可斗牛的小伙又一拳朝他的脸上打去。”

“了不起的小子!”比尔说。

“他把科恩彻底打垮了。”迈克尔说，“你知道，依我看科恩往后再也不想揍人了。”

“你什么时候看见波莱特的?”

“今天上午。她进房来拿点东西。她正在护理罗梅罗这小子。”

他又倒了一杯啤酒。

“波莱特很伤心，但她喜欢护理别人。这正是我们当初会在一起的原因。她护理过我。”

“我知道。”我说。

“我喝得相当醉了。”迈克尔说，“我想我将一直保持着这种状态。这件事真可笑，但是叫人不大愉快。我觉得不大愉快。”

他喝光了啤酒。

“你知道我把波莱特数落了一通。我说她要是老跟犹太人和斗牛士这号人一起招摇过市，她准会碰到麻烦。”他探身过来。“嗨，杰克，我把你那瓶喝了行不行? 她会给你再拿一瓶来的。”

“请吧。”我说，“反正我也没打算喝。”

迈克尔动手开酒瓶，“你帮我开开好吗?”我拧开瓶盖上的铁丝扣，给他倒酒。

“你知道。”迈克尔继续说，“波莱特当初可真不错。她一向总是那么好。为了跟犹太人、斗牛士以及三教九流的人来往，我臭骂过她一顿，可你知道她说什么来着：'是啊。我跟那位英国贵族过的一段时光可真幸福得要命啊！'"

他喝了一口酒。

"说得真有道理。你知道，给波莱特带来头衔的那个阿施利是个航海家。第九代从男爵。他从海上回家，不肯睡在床上，总叫波莱特睡地板。最后变得实在叫人难以容忍了，老是对她说要杀死她。睡觉的时候总带支上着膛的军用左轮，波莱特常常等他睡着了才把子弹取出来。波莱特一向过的可不是多么幸福的生活，太不应该啦，她是多么想享受人生乐趣呀。"

他站起来，手还在颤抖。

"我要回房间去了。设法睡一觉。"

他微微一笑。

"在这种节日里，我们往往太缺少睡眠了。从现在起，我要好好睡个够。不睡觉太他妈难受了，使人神经怪紧张的。"

"中午在伊鲁涅咖啡馆再见吧。"比尔说。

迈克尔走出房门。我们听见他在隔壁房间里走动的声音。

他按了铃，女招待前来敲他的房门。

"拿半打啤酒和一瓶芬达多酒来。"迈克尔对她说。

"是，少爷。"

"我也要去睡了。"比尔说，"可怜的迈克。昨天夜里为了他，我还跟人大干了一场。"

"在哪儿？米兰酒吧？"

"是的。那里有个家伙，在戛纳替波莱特和迈克付过账。他太卑鄙了。"

"这故事我知道。"

"我可不知道。谁也没有权利诽谤迈克。"

"事情就坏在这种地方。"

"他们不该有这种权利。但愿千万别让他们有这种权利。我要睡觉去了。"

"斗牛场上有人被牛抵死的吗？"

"好像没有，只有受重伤的。"

"在场外跑道上，有个人让牛挑死了。"

"有这么回事？"比尔说。

第十八章

中午，我们聚在人头攒动的咖啡馆里。我们吃着基围虾，喝着啤酒。城里也到处是人，每条街都人满为患。从比亚里茨和圣塞瓦斯蒂安来的公共汽车接二连三地开来，停在广场周围，人们都是来看斗牛的。旅游车也来了，有一辆车里坐着二十五个英籍妇女，她们坐在这辆白色的大巴里，用望远镜观赏这里的节日盛典。跳舞的人都喝得醉醺醺的。这是奔牛节的最后一天。

参加奔牛节活动的人们川流不息，挤得水泄不通，而汽车和旅游车边却围着一圈圈观光者。等汽车上的人全下来了，他们也就淹没在人群之中，你再也见不着他们了。只有在咖啡馆的桌子边，在挤来挤去、穿着黑色外衣的农民中间，才能见到他们大异其趣的运动装。节日洪流甚至淹没了从比亚里茨来的英国人，如果不紧靠一张桌子边走过，就看不到他们。街上乐声不绝，鼓声隆隆，笛声悠扬。在咖啡馆里，人们双手紧抓住桌边，或者互相搂着肩膀，扯着嗓子唱歌。

"波莱特来了。"比尔说。

我一抬头，只见她正穿过广场上的人群走来，高高地昂着头，仿佛举行这次狂欢节就是为了向她表示敬意的，她感到得意，又觉得好笑。

"喂，伙计们！"她说，"哎呀，渴死我了。"

"再来一大杯啤酒。"比尔对男招待说。

"要基围虾吗？"

"科恩走了？"波莱特问。

"是的。"比尔说，"他雇了一辆汽车。"

啤酒送来了。波莱特伸手去端玻璃杯，她的手在发颤。她自己也察觉了，微微一笑，便俯下身子啜了一大口。

"好酒。"

"非常好。"我说。我正为迈克尔惴惴不安，我猜他根本没有睡成觉，肯定一直在喝酒，但看上去他还能把握住自己。

"听说科恩把你打伤了，杰克。"波莱特说。

"没有的事。只是把我打晕了，别的没啥。"

"哎，他把佩德罗·罗梅罗给打伤了。"波莱特说，"伤得好厉害。"

"现在怎么样了？"

"他就会好的，但不愿意离开房间。"

"看来情况很糟糕？"

"非常糟糕。他真的伤得很重。我跟他说，我想溜出来看看你们，就一眼。"

"他还要上场吗？"

"当然要上。要是你同意的话，我想跟你一起去。"

"你的男朋友怎么样啦？"迈克尔问。波莱特刚才说过的话他一点儿也没听到。

"波莱特和一个斗牛士搞上了。"他说，"还有个姓科恩的犹太人，可他表现得糟透了。"

波莱特站起身来。

"我不想再听你讲这种混账话了，迈克尔。"

"你男朋友怎么样啦？"

"好得很哩。"波莱特说，"下午好好看他表演吧。"

"波莱特和一个斗牛士搞上了。"迈克尔说，"一个该死的漂亮斗牛士。"

"请你陪我走回去好吗？我有话对你说，杰克。"

"把你那斗牛士的事儿都跟他讲讲吧。"迈克尔说，"哼，跟你那斗牛士见鬼去吧!"他把桌子一掀，桌上所有的啤酒杯和虾碟都倾在地上，稀里哗啦摔个粉碎。

"走吧。"波莱特说，"我们离开这里。"

挤在人群中间穿过广场的时候，我说："情况究竟如何？"

"午饭后直到他上场之前，我不准备再去干扰他，他的随从要来帮他换装。他说，他们非常生我的气。"波莱特满面春风，显得非常高兴。太阳出来了，天空亮丽如画。

"我觉得自己脱胎换骨了。"波莱特说，"出乎你的想象，杰克。"

"需要我帮你什么？"

"没什么要帮的，只想叫你陪我看斗牛去。"

"午饭时你来吗？"

"不。我跟他一块吃。"

我们在旅馆门口的拱廊下面站住了，他们正把桌子搬出来摆放在那里。

"想不想去公园里走走？"波莱特问，"我还不想上楼，我猜他还在睡觉。"

我们打剧院门前经过，出了广场，穿过市集上临时搭建的棚子，一直随着人流在两行货摊之间走着。走上一条通向萨拉萨特步行街的横街，我们能看见人们在步行街上漫步。打扮时髦的人们全在那里了，他们绕着公园的那一头散步。

"我们别上那边去。"波莱特说，"眼下我不想让人盯着看。"

我们站在阳光下，海上刮来乌云、雨过天晴之后，天气热得很爽。

"但愿不要再刮风了。"波莱特说，"刮风对他很不利。"

"我也希望这样。"

"他说牛都不错。"

"都很好。"

"那是圣费尔明教堂吗？"

波莱特望着教堂的黄墙。

"是的。礼拜天的游行就是从这里出发的。"

"我们进去看看行吗？我很想为他做个祷告什么的。"

我们走进一道包着皮革的门，这道厚实的门开起来倒非常轻便。厅堂里光线很暗，做祷告的人还不少。等眼睛适应了幽暗的光线，就能够看见他们了。我们在一条木制长凳上跪下。过了一会儿，我发觉波莱特在我旁边僵立着，眼睛直勾勾地望着前面。

"走吧。"她用嘶哑的声音悄悄说，"我们离开这里吧。我的神经好紧张。"

到了外面，在灼热阳光照耀下的大街上，波莱特抬头凝视着随风摇曳的树梢。祈祷好像没什么用。

"我不明白在教堂里为什么总会这么紧张。"波莱特说，"祷告对我从来不起作用。"

我们一路往前走。

"我同宗教气氛格格不入。"波莱特说，"也许我的脸型长得不好。"

"告诉你。"波莱特又说，"我根本不是替他担心，我只是为他感到幸福。"

"那就好。"

"但是我盼望风小一点。"

"五点左右风势往往会减弱。"

"但愿如此。"

"你可以祈祷嘛。"我笑着说。

"对我从来没起过作用，我也从来没有看到过祈祷应验。你呢？"

"哦，应验过。"

"胡扯。"波莱特说，"不过对某些人来说可能真灵验。你看来也不怎么虔诚嘛，杰克。"

"我很虔诚的。"

"说瞎话。"波莱特说,"今天就别来劝人家信教什么的啦。这个日子已经够倒霉的了,看来恐怕还会继续。"

自从她和科恩一起出走那天起,我还是头一次看到她又像过去那么快快乐乐、心无挂碍了。我们折回到旅馆门前,所有的桌子都摆好,有几张已经有人在开饭了。

"你管着点迈克。"波莱特说,"别让他太肆无忌惮了。"

"你的朋友已经上楼了。"德国籍领班用英语说。他老爱偷听别人说话。波莱特对他说:"太谢谢你了。你还有话要说吗?"

"没有了,夫人。"

"那就好。"波莱特说。

"给我们留一张三个座的桌子。"我对德国人说。

他那贼眉鼠眼、白牙红唇绽出了笑容。

"夫人也在这儿用餐?"

"不。"波莱特说。

"那我看双人桌也就够了。"

"别跟他啰嗦。"波莱特说,"迈克大概情绪很糟。"上楼的时候她说。在楼梯上,我们遇到了蒙托亚。他鞠躬致意,但面无表情。

"咖啡馆里再见。"波莱特说,"太感谢你了,杰克。"

我们走上我们住的那一层,她顺着走廊径直走向罗梅罗的房间,没有敲门,直接推开房门走进去,又随手带上了门。

我在迈克尔的门前,敲了敲,没有回音。我拧了一下把手,门开了。房间里乱得一塌糊涂。所有的提包都敞开着,衣服扔得到处都是,床边有好几个空酒瓶。迈克尔躺在床上,脸庞活像死后翻制的石膏模型。他睁开眼睛看着我。

"你好,杰克。"他慢条斯理地说,"我想打——啊——个盹儿,好——长时间了,我总想——想——睡一小——嗷——会儿觉。"

"我给你盖上被子吧。"

"不——用。我不——冷。"

"你别——走。我还——哎没——睡——睡着过呢。"他又说。

"你会睡着的,迈克。别担心,老弟。"

"波莱特搞——上了斗——牛士。"迈克尔说,"可她那个犹——太人倒是走了。"

他转过头来看着我。

"天——俺大的——好事,对——吧?"

"是的。现在你快睡吧,迈克。你该睡睡了。"

"我这——就睡。我要——嗷——睡一——小——会儿觉。"

他闭上眼睛。我走出房间,轻轻地带上门。比尔在我房间里看报纸。

"看见迈克啦?"

"是的。"

"我们吃饭去吧。"

"有那个德国领班,我不想去楼下吃。我扶着迈克尔上楼的时候,他讨厌透了。"

"他对我们也这样。"

"我们出去到大街上吃去。"

我们下楼,在楼梯上和一个上楼的女招待擦肩而过,她端着一个盖着餐巾的托盘。

"那是给波莱特送的饭吧。"比尔说。

"还有那位小伙子的。"我说。

门外拱廊下的露台上,德国领班走过来。他那红扑扑的两颊亮光光的,很客气。

"我给你们二位先生留了一张双人桌。"他说。

"留给你自己坐去吧。"比尔说。我们一直走出去,跨过马路。

我们在广场边一条小巷里的餐厅吃饭,吃客都是男的。屋里乌烟瘴气,人们都在喝酒唱歌。饭菜不错,酒也好,我们很少说话。后来我们去咖啡馆观看狂欢节沸腾的高潮。波莱特吃完饭也马上来了。她说她曾到迈克的房间里看了一下,他睡着了。

当狂欢活动达到沸腾的顶点并转移到斗牛场的时候,我们也随同人群到了那里。波莱特坐在第一排我和比尔中间。看台和场子四周那道红色栅栏之间有一条狭窄的通道,就在我们下面。我们背后的混凝土看台已经坐得满满的了。前边，红色栅栏外面铺着黄澄澄的砂子，碾得非常平整。雨后的场地看来有点湿，但经太阳一晒就已经干了，又坚实、又平整。随从和斗牛场的工人走下通道，肩上扛着柳条篮，里面装着斗牛用的披风和红布，沾有血迹的披风和红布叠得齐齐整整。随从们拿出笨重的皮剑鞘，把剑鞘靠在栅栏上，露出裹着红布的剑柄。他们抖开一块块粘有紫黑血迹的红色法兰绒布，穿上短棍，把它展开，让斗牛士可以握住挥舞。波莱特仔细看着这一切，她被这一套很专业的细节吸引住了。

“他的每件披风和每块红布上都印着自己的名字。”她说，“为什么管这些红色法兰绒布叫作拐杖呢？”

“我不知道。”

“不知道这些东西到底洗没洗过。”

“我觉得是从来不洗的。因为怕掉色。”

“血渍会使法兰绒发硬的。”比尔说。

“真怪。”波莱特说，“大家竟然对血迹一点不在意。”

在下面狭窄的通道上，随从们安排着上场前的一切准备工作。所有的座位都坐满了人，看台上方所有的包厢也满了。除了主席的包厢外，已经没有空座了。主席一入场，斗牛就要开始了。在场子里平整的沙地对面，斗牛士们站在通往牛栏的高大的门洞里聊天，他们把胳臂裹在披风里，等待列队入场的信号。波莱特拿起望远镜观察他们。

“给，你想看看吗？”

我从望远镜里看过去，看到那三位斗牛士。罗梅罗居中，左边是贝尔蒙特，右边是马西亚尔，他们背后是各自的助手。在短镖手的后面，后边通道和牛栏里的空地上站着长矛手。罗梅罗身穿一套黑色斗牛服，三角帽低扣在眼睛上。看不清他帽子下面的脸，但是看来伤痕也不少。他的两眼直视前方。马西亚尔把香烟藏在手心里，小心翼翼地抽着。贝尔蒙特朝前望着，面孔黄得毫无血色，长长的狼下巴向外翘着。他向前看着，却目光茫然。无论是他还是罗梅罗，看来都和别人毫无共同之处。他们孑然伫立。主席入场了，我们上面的大看台上传来鼓掌声，我把望远镜递给波莱特。一通鼓掌之后，开始奏乐。波莱特拿着望远镜看。

"给，拿去。"她说。

在望远镜里，我看见贝尔蒙特在跟罗梅罗说话。马西亚尔直起身子，扔掉香烟，于是这三位斗牛士都双眼直视着前方，昂着头，摆动着那只空手入场了。他们后面跟随着整个队列，进场后向两边展开，全体都走着正步，一只手拿着卷起的披风，另一只空手摆动着。接着出场的是举着长矛、像轻骑兵般的长矛手。最后压阵的是两行骡子和斗牛场的工人。斗牛士们用一只手按住头上的帽子，在主席的包厢前弯腰鞠躬，然后向我们下面的栅栏走来。佩德罗·罗梅罗脱下他那件沉甸甸的金线织锦披风，递给他在栅栏外边儿的随从，并对随从交代了几句话。这时候罗梅罗就在我们下面不远的地方，我们看见他嘴唇肿胀、眼眶乌黑、脸庞淤青。随从接过披风，抬头看看波莱特，便走到我们跟前，献上披风。

"把它摊开，放在你前面。"我说。

波莱特俯身向前。披风用金线绣成，沉重而挺括。随从回头看见了，摇摇头，说了些什么。坐在我旁边的一个男人向波莱特倾过身子。

"他要你别把披风摊开。"他说，"你应该把它叠好，放在膝盖上。"

波莱特照他说的叠起沉重的披风。

罗梅罗正和贝尔蒙特说话，没有抬头望我们。贝尔蒙特已经把他的礼服披风给他的朋友们送去了。他朝他们望去，笑笑，他笑起来也像狼，只是张嘴，没有笑意。罗梅罗趴在栅栏上要水罐。随从拿来水罐，罗梅罗往披风的细布衬里上倒水，然后用穿平跟鞋的脚在沙地上蹭披风的下摆。

"那是干什么？"波莱特问。

"加点儿分量，免得在风里飘起来。"

"他的脸色很不好。"比尔说。

"他的自我感觉也非常不好。"波莱特说，"他现在应该卧床休息。"

第一头牛是贝尔蒙特的。贝尔蒙特技艺高超，但因为他一场有三万比塞塔收入，加上人们通宵排队买票看他表演，所以对他的要求也自然特别高。贝尔蒙特最拿手的是和牛近距离格斗。在斗牛中有关于公牛地带和斗牛士地带的讲究，斗牛士只要处在自己的地带里，就相对安全；而进入公牛地带，就处于极大的危险之中。在贝尔蒙特的黄金时期，他总是在公牛地带表演，给人一种悲剧即将发生的预感。人们看斗牛是为了看贝尔蒙特，为了领略悲剧性的刺激，实际上也许就是为了去看贝尔蒙特之死。十五年前人们说，如果想看贝尔蒙特，那你得趁早在他还活着的时候去。从那时候算起，他已经杀死一千多头公牛了。他退隐之后，传说蜂起，说他斗牛如何如何神奇；后来他重返斗牛场，公众大失所望：因为没有一个凡人能像传说中的贝尔蒙特那样近距离斗牛，当然啦，即使贝尔蒙特本人也做不到。

此外，贝尔蒙特提出了先决条件，强调牛的个头不能太大，牛角长得不能太有危险性。这样一来，引发悲剧性刺激所必需的因素不存在了，而观众却期望长了瘘管的贝尔蒙特表演水平达到过去的三倍，于是觉得被骗了。因此，贝尔蒙特的下巴撅得更高来表示轻蔑，脸色变得更黄。由于疼痛加剧，他的行动也更为艰难，最后受到观众的大肆攻击，而他则报以冷漠和轻蔑。他原指望能有一个辉煌的下午，可迎来的却是一下午的嘲笑和高声的辱骂，最后，坐垫、面包和蔬菜一齐飞向他曾取得过莫大胜利的场地上。他只能把下巴翘得更高。有时候，观众的叫骂特别不堪入耳，他会拉长下巴，龇牙咧嘴地报以苦笑，而每个动作都使他的痛苦也变得愈加难以忍受，最后，他那发黄的脸变成了羊皮纸的颜色。等到他杀死了第二头牛，面包和坐垫也扔完了之后，他翘着狼下巴带着惯常的笑容和鄙视的目光向主席致礼，把他的剑递到栅栏外面，让人擦干净后放回剑鞘。他这才走进通道，倚在我们座位下面的栅栏上，把脑袋俯在胳臂上，什么也不看，什么也不听，默默忍受痛苦的折磨。最后他抬头要了点水，喝了几口，漱漱嘴，吐掉，拿起披风，回到斗牛场。

因为反对贝尔蒙特，所以观众就都向着罗梅罗。他一离开栅栏向公牛走去，观众就朝他鼓掌欢呼。贝尔蒙特也在看他，只是装作不注意。他并不注意马西亚尔，马西亚尔的底细他一清二楚。他重返斗牛场的目的就是和马西亚尔一决雌雄，而且认为胜券在握。他期望同马西亚尔以及斗牛衰落时期的其他明星比一比，他知道，只要他在斗牛场上一亮相，衰落时期的斗牛士那套虚张声势的把戏就会在他扎实的斗牛功底面前黯然失色。他这次退隐后重返斗牛场的预期被罗梅罗破坏了。罗梅罗总是做得那么流畅、稳健、优美。他，贝尔蒙特，如今只有偶尔才能使自己做到这一点。观众感觉到了，甚至从比亚里茨来的人也感觉到了，最后连美国大使都看出来了。这场竞赛贝尔蒙特真不想参加，因为只能落得让牛抵成重伤或者死去的下场。贝尔蒙特体力不支了，他在斗牛场显赫一时的高峰已经过去。他觉得这种辉煌不会再有了。事过境迁，现在生命只能偶尔闪现出一星半点的火花了。和公牛一起，他还保有几分旧时的风采，但已经毫无价值。因为当他走下汽车，靠在朋友养牛场的围栏上审视牛群，挑选几头温顺的公牛时，先就已经使他的风采打了折扣。他挑的两头牛个头小，角也不大，容易征服，但当他感到风采重现的时候——在常年缠身的病痛中有时也会闪现出一丁点儿，而就这么一丁点儿也是先就打了折扣被卖掉了的——他并不感到开心。这的确是当年的那种风采，但也不能再让他感到斗牛的奇妙了。

佩德罗·罗梅罗就具有这种了不起的风采。他热衷于斗牛，我认为他也热爱公牛，还认为他也热恋波莱特。整个下午，他尽力把斗牛的每个招式都控制在波莱特座位前面施展。他从没抬头看过她，使表演更为出色——不仅为她，也是为自己。因为他没有抬头用目光探询对方是否满意，所以一门心思地为自己而战，这使他力量倍增；然而这也是为了她，但并没有为了她而损害自己。整个下午他自始至终占着上风。

他第一次出场就在我们座位的下面表演引开公牛。公牛每一次向骑马长矛手发动冲击后，三位斗牛士就轮番上去引开公牛。贝尔蒙特排在第一，马西亚尔第二，最后轮到罗梅罗，他们三人都站在长矛手的马匹左侧。长矛手把帽子压在眼眉上，调转长矛直指着公牛，用马刺催赶着马儿，左手拉着缰绳，驭马向公牛迫近。公牛紧盯着，它表面上盯着那匹白马，但实际上注意的是长矛的三角形锋刃。罗梅罗也专心注视着，发现公牛看上去并不想冲击，要掉头了，就轻轻抖抖披风，鲜明的红色吸引了牛的视线。出于条件反射，公牛就会冲过来，结果发现它面前并不是红色的披风在闪耀，而只是一匹白马，还有一个人从马背上极力前倾，把山胡桃木柄长矛的钢锋扎进公牛肩部的肉峰；然后以长矛为着力点，把马朝一旁赶，顺势拉开一道口子，把钢尖更深地扎入牛肩，使它大量流血，为贝尔蒙特做准备。

受伤的公牛没有在钢锋下顽抗，它并不真正想攻击那匹马。它转过身去退出圈子，而罗梅罗用披风把它引开。他轻柔而稳健地把它引开，然后停下脚步，和牛面对面站着，向牛伸出披风。公牛竖起尾巴冲了过来，罗梅罗在牛面前摆动双臂，站稳了脚跟，扭转着身躯。潮湿的、蘸着泥沙而加重了分量的披风呼的张开，犹如鼓满风的帆。罗梅罗当着牛的面张着披风就地转动身躯。一个回合结束，他们又四目相对，罗梅罗面带笑容。公牛还要来较量一番，于是罗梅罗的披风又一次迎风张开，这一次换了一个方向。每一次他都让牛贴身擦过，以至于人、牛和在牛面前鼓着风旋转的披风在那一刹那静止，凝固成一组轮廓鲜明的雕像。动作是那么慢条斯理，那么自信，好像他在轻轻摇着公牛，哄它入睡似的。他把这套动作做了四遍，最后再加上一遍，但只做了一半就背朝着牛向鼓掌欢呼的方向走去——一只手搭在臀部，一手挎着披风，公牛瞅着他渐远的背影。

他和自己的那两头牛交锋时表演得完美无瑕。他的第一头牛视力不佳，最初用披风耍了两个回合之后，罗梅罗对它视力受损的程度就了若指掌，于是根据这一点行动起来。这场斗牛并不是特别精彩，只是一场完美的表演罢了。观众要求换一头牛，他们大闹起来。和看不清红披风的牛是斗不出什么花样来的，但是主席不允许换。

"为什么不给换呢？"波莱特问。

整个下午，他尽力把斗牛的每个招式都控制在波莱特座位前面施展。

"他们已经为它买过单了，不希望这钱打了水漂呀。"

"这样对罗梅罗未免不公平吧。"

"你仔细看他怎样对付一头视力不佳的牛。"

"这样的东西我不想看。"

如果为斗牛的人操上一点点心，斗牛也就没有什么看头了。碰上这头既看不清披风颜色，又看不清猩红法兰绒布的公牛，罗梅罗只好以自己的血肉之躯去配合它了。为了让牛看清他的身体，他不得不靠得那么紧，等它冲过来，再把牛的攻击目标引向那块法兰绒布，好以传统的方式结束这一回合。从比亚里茨来的观众不喜欢这种变通方式，他们以为罗梅罗害怕了，所以才会在把牛的攻击从自己的身躯引向法兰绒布的时候，总朝旁边跨一小步。他们情愿看贝尔蒙特模仿自己从前的架势，情愿看马西亚尔模仿贝尔蒙特的架势。在我们后面就坐着这么三个来自比亚里茨的人。

"他干吗怕这头牛呢？这头牛笨得只能跟在红布后面亦步亦趋。"

"他乳臭未干，本事还没有学到家呢。"

"他刚才耍披风倒是很绝的。"

"或许他现在感到紧张了。"

在斗牛场正中，只有罗梅罗一个人，他还在表演着那套动作。他靠得那么近，让牛可以看得很清楚。他把身子凑过去，再凑近一点儿，牛还是呆呆地望着，等到近得让牛认为可以够得着他了，再次把身子迎上去，终于逗得牛发动了进攻。接着，当牛角即将刺到他的瞬间，他才轻轻地、几乎不被察觉地一抖红布，牛就擦身而过。这动作激起了比亚里茨斗牛行家们的一阵尖刻的非难。

"他就要下手了。"我对波莱特说，"牛还留着劲儿呢，它不想把力气一下子使光。"

在斗牛场中央，罗梅罗侧面朝着我们，正面对着公牛。他从红布的夹层里抽出短剑，踮起脚，顺着剑刃朝下瞄准。随着罗梅罗前刺的动作，牛也正好冲了过来。罗梅罗左手的红布落在公牛脸上，遮住了它的视线，他的左肩随着短剑刺进牛身而伸进了两只牛角之间。刹那间，人和牛浑为一体，罗梅罗耸立在公牛的上方，右臂高高伸起，伸手去抓插在牛的两肩之间的剑柄。接着，人和牛分开了，闪开之际，罗梅罗身躯微微一晃，随即面对着公牛站稳，一手举起。他的衬衣袖子从腋下撕裂了，白色布片随风忽闪着；公牛呢，红色剑柄死死地插在它双肩之间，它脑袋往下沉，四腿瘫软。

"它就要倒下了。"比尔说。

罗梅罗离牛很近，所以牛还能看见他。他仍然高举着手，对着牛说话。牛挣扎了一下，然后头朝前一冲，身子慢慢地矬了下去，突然滚翻在地，四脚朝天。

有人把那把剑递给罗梅罗，他剑尖朝下拿着，另一只手拿着法兰绒红布，走到主席包厢的前面，鞠了一躬，直起身子，回到栅栏边，把剑和红布递给助手。

"这头牛真不中用。"随从说。

"它把我弄出了一身汗。"罗梅罗说，他擦掉脸上的汗水。随从递给他一个水罐，罗梅罗抹了下嘴唇，用水罐喝水使他感到嘴唇疼痛。他并没抬头看我们。

马西亚尔这天很成功。一直到罗梅罗的最后一头牛上场，观众还在对他鼓掌。就是这头黑嘴，在早晨奔牛的时候冲出来抵死了一个人。

罗梅罗同第一头牛较量的时候，他脸上的伤痕非常显眼，每个动作都暴露出脸上的伤痕。同这头视力不佳的公牛进行棘手的耐心周旋时，精神的高度集中使他的伤痕暴露无遗。和科恩这一架并没有挫伤他的锐气，但是毁了他的面容，伤了他的身体。现在他正在消除对自己形象的坏影响，跟第二头牛交锋的每个动作都能消除一分影响。这是一头好牛，身躯庞大，犄角锐利，转身和袭击都很灵活、很果断。它正是罗梅罗向往的那种牛。

当他结束耍红布的表演，准备杀牛时，观众意犹未尽，要他继续表演。他们不愿意这头牛就这么快被杀死，他们不愿意这场斗牛就这么快结束。罗梅罗接着表演，好像是一场斗牛的教学示范。他把全部动作贯串在一起，做得完整、缓慢、如行云流水一气呵成。不卖弄技巧，不故弄玄虚，没有草率冒失的动作。每到一个回合的高潮，你的心就会突然揪起来。观众希望这场斗牛最好永远不要结束。

公牛叉开四条腿等待被杀，罗梅罗就在我们座位的下面把牛杀死。他用自己喜欢的方式刺死这头牛，不像前一头那样出于无奈。他侧着身子，站在公牛正面，从红布的夹层里抽出短剑，目光顺着剑刃瞄准。公牛紧盯着他，罗梅罗对牛说着话，一只脚在地上轻轻一叩。牛冲上来了，罗梅罗就等它冲过来，放低红布，目光顺着剑刃瞄准，双脚扎稳下盘。接下来不需要往前挪动半步，他就已经和牛合为了一个整体。短剑刺进牛高耸的两肩之间，公牛还在追逐着下面舞动的法兰绒红布。罗梅罗左撤一步，收起红布，一切就结束了。公牛还挣扎着往前迈步，但它的腿开始不稳，身子左右摇晃，停了一下，然后双膝跪倒在地。罗梅罗的哥哥从身后弯腰，朝牛角根部的脖颈处插入一把短刀。第一次失手了，他再次把刀插进去，公牛随即倒下，抽搐一下就不动了。罗梅罗的哥哥一只手抓住牛角，另一只手拿着刀，抬头望着主席的包厢。全场挥动起手帕，主席从包厢往下看看，也挥了一下他的手帕。哥哥从死牛身上割下带豁口的黑色耳朵，提着它快步走到罗梅罗身边。笨重的黑公牛吐出舌头躺在沙地上，孩子们从场子的四周向牛跑去，在牛的身边围成一个小圈子。他们开始围着公牛跳起舞来。

罗梅罗从他哥哥手里接过牛耳朵，朝主席高高举起。主席弯腰致意，罗梅罗赶在人群的前边向我们跑来。他靠在围栏上，探身向上把牛耳献给波莱特，点点头，开心地笑了。大伙儿把他团团围住，波莱特把披风递下去。

"你喜欢吗？"罗梅罗喊道。

波莱特没有答话，他们相视而笑。波莱特手里拿着牛耳朵。

"别沾上血迹。"罗梅罗咧嘴笑着说。观众需要他，几个孩子向波莱特欢呼。人群中有孩子、有跳舞的人以及醉汉。罗梅罗转身使劲挤过人群，他们把他团团围住，想把他举起来扛在肩上。他抵挡着挣出身来，穿过人群撒腿向出口跑去。他不愿意让人扛在肩上，但他们逮住了他，把他举起来。那姿势真不得劲儿，他两腿叉开，身上钻心的疼。大家扛着他向大门跑去。他一只手搭在一个人的肩上，回头向我们抱歉地瞅了一眼。人群扛着他跑出大门。

我们三人一起走回旅馆。波莱特上楼去了，比尔和我坐在楼下餐厅里，吃了几个煮鸡蛋，喝了几瓶啤酒。贝尔蒙特已经换上日常的衣服，同他的经理人和另外两个男人从楼上下来。他们在邻桌坐下吃饭，贝尔蒙特吃得很少，他们要乘七点钟的火车到巴塞罗那去。贝尔蒙特身穿蓝条衬衫和深色套装，吃的是溏心蛋。其他人吃了好几道菜。贝尔蒙特不主动说话，他只回答别人的问话。

比尔看完斗牛累了，我也是，我们俩看斗牛都很投入。我们坐着吃鸡蛋，我注意观察贝尔蒙特和跟他同桌的人，和他一起那几个人外貌慓悍一本正经。

"到咖啡馆去吧。"比尔说，"我想喝杯苦艾酒。"

这是节日的最后一天，外面又阴下来了。广场上尽是人，焰火技师正在安装夜里用的焰火装置，并用山毛榉树枝把它们全部盖上，孩子们在看热闹。我们路过带有长竹竿的焰火发射架。咖啡馆外面聚着一大群人，乐队在吹打，人们还在跳舞。巨人头和侏儒打门前走过。

"埃德娜哪儿去啦？"我问比尔。

"我怎么知道。"

我们注视着狂欢节的最后一晚。苦艾酒使一切都显得更加美好，我直接用滴杯没加糖就喝了，味道苦得很可口。

"我为科恩感到惋惜。"比尔说，"他的日子真够他受的。"

"哼，让科恩见鬼去吧。"我说。

"你看他去哪儿了？"

"去巴黎了。"

"你看他干什么去了？"

"哼，见鬼去了。"

"你看他干什么去了？"

"可能和他过去的情人重温旧梦吧。"

"他过去的情人是谁？"

"一个叫弗朗西斯的。"

我们又要了一杯苦艾酒。

"你什么时候回去?"我问。

"明天。"

过了一会儿,比尔说:"呃,这次奔牛节真精彩。"

"是啊。"我说,"一刻也没闲着。"

"你不会相信。真像做了一场妙不可言的噩梦。"

"我信。"我说,"我什么都信。噩梦我也信。"

"怎么啦? 闹情绪了?"

"糟透了。"

"再来一杯苦艾酒吧。过来,招待! 给这位先生再来一杯苦艾酒。"

"我难受极了。"我说。

"把酒喝了。"比尔说,"慢慢地。"

天色开始黑了,狂欢活动还在继续。我有点醉意,但情绪没有任何好转。

"你觉得怎么样?"

"很不好。"

"再来一杯?"

"一点用也没有。"

"试试看。说不准的,也许这一杯就奏效呢。嗨,招待! 给这位先生再来一杯!"

我并没有把酒一点点滴进水里,而是直接把水倒在酒里搅拌起来。比尔加进一块冰,我用一把勺子在这浅褐色的悬浊液里搅动冰块。

"味道怎么样?"

"很好。"

"别喝得那么快。你要恶心的。"

我放下杯子。我本来就没打算一口闷。

"我醉了。"

"那还有不醉的。"

"你就是想叫我醉吧，是不是？"

"当然。喝它个醉，打消这要命的闷气儿。"

"得了，我醉了。你不就是想这样吗？"

"坐下。"

"我不想坐了。"我说，"我要回旅馆去了。"

我醉得很厉害，比以往哪次都厉害。我回到旅馆走上楼去，波莱特的房门开着。我伸进脑袋看看，迈克尔坐在床上。我晃晃酒瓶子。

"杰克。"他说，"进来，杰克。"

我进屋坐下。我要是不盯住一个固定的地方，就会感到房间在东倒西歪。

"波莱特，你瞧。她同那个斗牛的小子走了。"

"不会吧。"

"走了，她还找你告别来着。他们乘七点钟的火车走的。"

"真走了？"

"这样很不好。"迈克尔说，"她不该这么做。"

"是啊。"

"喝一杯？等我揿铃找人拿些啤酒来。"

"我醉了。"我说，"我要回屋去躺下了。"

"你不行了？我也不行了。"

"是的。"我说，"我醉得不行了。"

"那么回见吧。"迈克尔说，"去睡一会儿，烂杰克。"

我出门走进自己的房间，躺在床上。床在向前飘，我从床上坐起来，盯住墙壁，好让这种感觉停住。外面广场上的狂欢活动还在进行，已经没什么意思了。后来比尔和迈克尔进来叫我下楼，跟他们一起去吃饭，我假装睡着了。

"他睡着了，还是让他睡吧。"

"他烂醉如泥了。"迈克尔说。他们走了出去。

我起床走到阳台上，眺望在广场上跳舞的人们。已经没有天旋地转的感觉，一切都非常清晰、明亮，只是边缘有点模糊。我洗了脸，梳了头，在镜子里我都不认识自己了，然后下楼到餐厅。

"他来了!"比尔说，"杰克，好小子! 我知道，你还不至于醉得起不来。"

"嗨，你这个老酒鬼。"迈克尔说。

"我是饿醒了。"

"喝点汤吧。"比尔说。我们三个人坐在桌子边，好像少了五六个人似的。

第三部

第十九章

　　早晨，一切都过去了。奔牛节活动已经结束。九点左右我醒才过来，洗了澡，穿上衣服，走下楼去。广场已经空空荡荡，街头也不见一个行人，只有几个孩子在街上捡焰火棒。咖啡馆刚刚开门，男招待正把舒适的白柳条椅搬出来。摆到拱廊下阴凉地儿的大理石桌子周围。有人在打扫街道，还用水管洒上水。

　　我舒舒服服地坐在一张柳条椅里，向后靠着。招待也不急着过来接待。通知奔牛释放时间的白纸告示和临时列车的时刻表还贴在拱廊的石柱上。一个系蓝色围裙的男招待拎着一桶水，拿着一块抹布出来，动手撕告示，把纸一条条地扯下来，撕不掉的就用水擦洗。奔牛节真正结束了。

　　我喝了一杯咖啡。过了一会儿比尔来了，我看着他穿过广场走过来。他也在桌子边坐下，叫了一杯咖啡。

　　"好了。"他说，"都结束了。"

　　"是啊。"我说，"你什么时候走？"

　　"没想好。我想，我们最好弄辆车。你不打算回巴黎？"

　　"是的，我还可以待一礼拜再回去。我想去一趟圣塞瓦斯蒂安。"

　　"我想回去了。"

　　"迈克呢？"

"他要去圣让德吕兹。"

"我们雇辆车一起到巴荣纳再分手吧。今儿晚上你可以在那儿乘火车。"

"那好。吃完饭就走。"

"行。我去雇车。"

我们吃完午饭，结好账。蒙托亚没有过来道别，账单是由一个女招待送来的。汽车候在外面，司机把大家的旅行包堆在车顶上，用皮带捆牢，剩下一些放在前排他自己身边，然后我们也上了车。车子开出广场，穿过小巷，钻出树林，开下山坡，离开了潘普洛纳。路程似乎不很长。迈克尔带了一瓶芬达多，我只喝过两三口。翻过几道山梁，出了西班牙国境，沿着白色的大道前进。经过浓荫遮蔽、湿润葱郁的巴斯克地区，最终到了巴荣纳。比尔买好当晚七点十分去巴黎的火车票。我们把比尔的行李寄存在车站，就走了出来，车子停在车站正门外面。

"这车怎么办？"比尔问。

"哦，真是个累赘。"迈克尔说，"那只好留着它了。"

"行。"比尔说，"去哪儿？"

"到比亚里茨去喝一杯吧。"

"大手大脚的烂迈克。"比尔说。

我们开进比亚里茨，停在一家非常豪华的饭店外面。我们走进酒吧间，坐在高凳上喝了杯威士忌苏打。

"这次我做东。"迈克尔说。

"还是掷骰子来决定吧。"

于是我们用一个很深的皮制骰子筒来掷扑克骰子，比尔第一把就赢了，而迈克尔输给了我，他就递给男招待一张一百法郎的钞票。威士忌每杯十二法郎。我们又要了一杯酒，迈克尔又输了。每次小费他都给得不少。吧台那边房间里有一支很好的爵士乐队在演奏，这是个令人愉快的酒吧。我们又要了一杯酒，第一把我就以四个K取胜；接着比尔和迈克尔对掷，迈克尔以四个J赢得第一把，比尔赢了第二把；在决定胜负的最后一把，迈克尔掷出三个老K就住手了，把骰子筒递给比尔，比尔稀里哗啦摇了一阵，掷出三个 K、一个 A 和一个 Q。

"该你付账，迈克。"比尔说，"迈克，你这个赌棍。"

"真抱歉。"迈克尔说，"我不能付了。"

"为什么？"

"我没钱了。"迈克尔说，"我一文不名了，只剩下二十法郎了。给，把这二十法郎拿去。"

比尔的脸色有点异样。

"我的钱刚刚只够付给蒙托亚。真他妈运气，还有那么多。"

"我给你兑支票。"比尔说。

"你对我可真他妈的好，可你知道，我不能开支票了。"

"那你上哪儿去弄钱啊？"

"呃，有一小笔钱就要到了，有两个礼拜的津贴就该到了。圣让德吕兹的旅店我可以先欠着。"

"这车子你打算怎么办呢？"比尔问我，"还继续用吗？"

"这没啥区别。好像傻不拉叽的。"

"来吧，我们再喝它一杯。"迈克尔说。

"好。这一次算我的。"比尔说，"波莱特身边还有多少钱？"他问迈克尔。

"我想不会有了。我付给老蒙托亚的钱几乎都是她拿出来的。"

"她手头竟连一个子儿也没有？"我问。

"我想恐怕是的，她一向就没钱。她每年能拿到五百镑，光给犹太人的利息就得三百五十镑。"

"我看他们是预先就扣掉了吧。"比尔说。

"是呀。他们并不是真的犹太人，我们只是这么叫他们。我知道他们是苏格兰人。"

"她手头真的是一点钱也没有了？"我问。

"应该没有了。她走的时候全都给我了。"

"算了。"比尔说，"不如再喝一杯吧。"

"这个主意太他妈好了。"迈克尔说，"空谈财政解决不了任何问题。"

"说得对。"比尔说。

我们接着要了两次酒，由比尔和我掷骰子看谁付账。比尔输了，付了酒钱。我们出门向车子走去。

"你想上哪儿，迈克?"比尔问。

"我们去兜一圈吧，兴许能提高我的信誉。就兜一小圈。"

"很好。我想到海边去看看，我们一直朝昂代开吧。"

"沿海一带我可没什么信誉。"

"你也别这么说。"比尔说。

我们顺着海滨公路开。一路上可以看见绿茸茸的海岬、白墙红瓦的别墅、片片密林。落潮的海水依偎在远处的海滩边，蔚蓝蔚蓝的。我们驶过圣让德吕兹，一直向前，穿过一座座海滨村庄。我们路过的起伏不平的地区后面，就是从潘普洛纳来时翻越过的群山。大道继续向远方延伸，比尔看看表，我们该往回走了。他敲了下车窗，吩咐司机向后转。司机把车倒到路边草地上，掉过车头。我们后面是树林，树林下面是一片草地，草地再过去就是大海了。

在圣让德吕兹，我们把车停在迈克尔准备下榻的旅店前，他下了车。司机把他的行李送进去，迈克尔站在车旁。

"再见啦，伙计们。"迈克尔说，"这个节过得太好了。"

"再见，迈克。"比尔说。

"我们很快就能见面的。"我说。

"别担心钱。"迈克尔说，"你把车钱付了，杰克，我那份会给你汇去的。"

"再见，迈克。"

"再见，你们这些家伙。你们真他妈够哥们儿。"

我们一一跟他握手，从车里向他挥手。他站在大街上目送我们。我们赶到巴荣纳时，火车快要开了。一个搬运工从寄存处拿来比尔的行李，我一直把他送到进站的门前。

"再见啦，伙计。"比尔说。

"再见，老弟!"

"真痛快，我玩得真痛快。"

"你要在巴黎待着?"

"不了，十七号就得上船。再见，伙计!"

"再见，老弟!"

他进站朝火车走去，搬运工拿着行李走在前面。我看着火车开出站去，比尔坐在一个窗口边。窗户闪过去了，整列火车开走了，铁轨上空了。我出来向汽车走去。

"我们该付你多少?"我问司机，从西班牙到巴荣纳的车钱当初说好是一百五十比塞塔。

"二百比塞塔。"

"你返程捎我到圣塞瓦斯蒂安要加多少钱?"

"五十比塞塔。"

"想宰我呀。"

"三十五比塞塔。"

"太贵了。"我说，"送我到帕尼厄·弗洛里旅馆吧。"

到了旅馆，我付给司机车钱和一笔小费。车身上布满了尘土。我把钓具袋上的尘土擦掉，这尘土看来是联结我和西班牙及奔牛节的最后纽带了。司机发动车子沿大街开去，拐弯驶上通向西班牙的大道。我走进旅馆，开了一个房间。我和比尔、科恩在巴荣纳的时候，就是住的这个房间，仿佛已经是很久以前的事了。我梳洗一番，换了件衬衣，就出去逛街了。

我在书报亭买了一份纽约的《先驱报》，坐在一家咖啡馆里看起来。重返法国让人觉得很奇怪，是一种置身郊区的安全感。我要是和比尔一起回巴黎就好了，可惜巴黎意味着更多的寻欢作乐，我对取乐暂时已经厌倦。圣塞瓦斯蒂安很清静，旅游旺季要八月份才开始。我可以在旅馆租一个好房间，看看书、游游泳。那边有一处海滩胜地，沿海滩的海滨大道长着许多漂亮的树，在旅游旺季节到来之前，有许多孩子随同保姆来避暑。晚上，马里纳斯咖啡馆对面的树林里经常有乐队举行音乐会，我可以坐在咖啡馆里欣赏音乐。

咖啡馆后面是一个餐厅。"里面饭菜怎么样?"我问招待。

"很好，非常好。饭菜非常好。"

"那就好。"

我进去用餐。按法国的标准，这顿饭菜够丰盛的，但是在西班牙吃过之后，就觉得菜的量精致得过头了。我喝了一瓶葡萄酒解闷儿，那是马尔戈庄园的好酒。慢慢地享用，细细地品味，真是其乐无穷，可算是美酒如好友。喝完酒我喝了杯咖啡，男招待向我推荐一种名叫伊扎拉的巴斯克利口酒。他拿来一瓶，斟了满满一杯。他说伊扎拉酒是由比利牛斯山上的鲜花酿成的，是真正的比利牛斯山鲜花。这种酒看上去像生发油，闻起来像意大利的斯特雷加甜酒。我叫他把比利牛斯山的鲜花拿走，给我来瓶陈年烧酒。这烧酒很好，喝完咖啡我又喝了一瓶。

比利牛斯山鲜花这事看来是把这男招待得罪了，所以我多给了他一点小费，这使他很高兴。处在一个用这么简单的办法就能让人高兴的国度里，感觉倒是不错的。在西班牙，你永远无法知道一个招待是否会感谢你，而在法国，一切都建筑在这种赤裸裸的金钱基础上。在这样的国家生活最简单，谁也不会为了什么说不清道不明的原因而跟你交朋友，把关系弄得很复杂。你要讨人喜欢，只要舍得出血就行。我只花了一点点钱，这男招待就喜欢我了。他欣赏我这种可贵的素质，会欢迎我再来。哪天我再来这里用餐，他就会很高兴，希望我坐到归他负责的餐桌上。这种喜欢是真诚的，因为有着坚实的基础。我确实回到法国了。

第二天早晨，为了结交更多的朋友，旅馆每个招待我都多给了一点小费，然后搭上午的火车去圣塞瓦斯蒂安。在车站，我没有多给搬运工小费，因为我没指望还会再碰到他。我只希望在巴荣纳有几个法国好朋友，等我再去的时候能受到欢迎就够了。我知道，只要他们能记得我，那么他们的友谊就一定是忠诚的。

我必须在伊伦换车，还要出示护照。我不愿意离开法国，在这儿生活多简单哪。我觉得再去西班牙真是太蠢了，在那儿什么做什么事情都没把握。我觉得只有傻瓜才会再去西班牙，但还是得拿着护照去排队，打开我的行李给海关人员检查。买了一张票，通过一扇门，爬上一趟火车，过了四十分钟，穿过八条隧道，我到了圣塞瓦斯蒂安。

即使在大热天，圣塞瓦斯蒂安也有某种清晨的特点。绿色树叶上，露水似乎永远不会干，街道也总像刚洒过水一样。即使在最热的日子里，也有几条街道总是很阴凉的。我找到城里以前住过的一家旅馆，他们给了我一间带阳台的房间。阳台高过城里的屋顶，越过屋顶能看见远处绿色的山坡。

我打开行李，把我的书堆在床头边的桌子上，再拿出我的梳洗用具，把几件衣服挂在大衣柜里，收拾出一包要洗的衣服。然后在浴室里洗了淋浴，下楼用餐。西班牙还没有改用夏令时，因此我来早了，我把表回拨一小时。来到圣塞瓦斯蒂安，我赚回了一个小时。

走进餐厅的时候，看门人拿来一张警察局发的表格要我填。我签上名，问他要了两张电报稿纸，写了一份发给蒙托亚旅馆的电文，嘱咐他们把我所有的邮件和电报都转到现在的住处。我算好要在圣塞瓦斯蒂安待的时间，然后给编辑部拟了份电报，叫他们替我暂时保存好邮件，但是六天之内的电报都要给我转到圣塞瓦斯蒂安来。我这才去餐厅用餐。

午饭后，我上楼回到自己的房间里，看了一会书就睡着了，等我醒来已经四点半了。我找出游泳裤，跟一把梳子一起裹在一条毛巾里，下楼上街走到康查湾。潮水差不多退掉一半了，沙滩平坦坚实，沙粒黄澄澄的。我走进浴场更衣室，脱去衣服，穿上泳裤，走过平坦的沙滩到了海里。光脚踩在沙滩上，热乎乎的。海水里和海滩上的人不少。康查湾两端的海岬几乎连着，形成了一个港湾，海岬外是开阔的海面和一排排白花花的浪头。正值退潮时刻，但还是过来了一些迟到的巨浪。它们来时好像海面上波动的细浪，然后势头越来越大，掀起浪头，最后平稳地冲刷着温暖的沙滩。我踩着水出海。海水很凉。浪头打过来的时候，我潜入水中，从水底洄出时，凉意全消。我向木排游去，手一撑爬了上去，躺在滚烫的木板上。另一头有一对青年男女。姑娘解开了泳衣的背带，晒着她的背部；小伙子脸朝下趴在木排上跟她说话。她听着咯咯地直笑，冲着太阳转过她那晒黑了的脊梁。我躺在阳光下的木排上，直到全身都晒干。然后我潜了几次水。有一次我深深地潜下去，向海底游去。我睁开眼睛游，周围是墨绿的一片，木排投下一道黑影。我从木排旁边钻出水面，爬上木排，又憋足气跳下去，向下潜泳了一段，然后向岸边游去。我躺在海滩上，直到全身晒干了，才起来走进浴场更衣室，脱下泳裤，用淡水冲身，擦干。

我在树阴里顺着海湾绕到俱乐部，然后拐上一条背阴的街道向马里纳斯咖啡馆走去。咖啡馆内有一支乐队在演奏，天很热，我坐在外面露台上乘凉，喝了一杯加刨冰的柠檬汁和一大杯威士忌苏打。我在马里纳斯门前久久地坐着，看看报，看看行人，听听音乐。

天开始暗下来了，我绕着海湾漫步，走上海滨大道，最终回到旅馆吃晚饭。"环巴斯克自行车赛"正在举行，车手都在圣塞瓦斯蒂安住宿。他们坐在餐厅一边的长桌上，和教练及经纪人一起吃饭。他们都是法国人和比利时人，吃饭时全神贯注，但吃得很愉快。长桌一头有两位美丽的法国少女，浑身都是蒙马特郊区街的时装，我分不清她们是跟着哪个车手来的。他们满桌人都用方言交谈，许多笑话只有他们自己听得懂。长桌另一头的人也讲了些笑话，等两位姑娘要他们再讲一遍时，他们却不支声了。自行车赛将于明天清晨五点钟开始最后一段赛程——从圣塞瓦斯蒂安到毕尔巴鄂。这些车手喝了大量的葡萄酒，皮肤让太阳晒得黑黝黝的。他们只重视彼此之间的比赛。由于他们经常参加比赛，所以谁胜谁负也不怎么在意，特别是在外国比赛。奖金可以商量着分。

领先两分钟的那个车手长了个疮，疼得难受，撅着屁股坐在椅子上。他的脖子晒得通红，金黄色的头发也晒得变了颜色。其他车手拿他的疮取笑，他用叉子笃笃地敲敲桌子。

"听着。"他说，"明天我把鼻子紧贴在车把上，就只有温柔的微风才能碰到我的疮了。"

一位姑娘从桌子那一头看他一眼，他咧嘴笑笑，脸都涨红了。他们说，西班牙人不懂得怎样蹬脚踏板。

我在外面露台上跟一家大自行车厂的车队经纪人喝咖啡。他说这次比赛很愉快，要是博泰奇阿不在潘普洛纳就弃权的话，就更好看了。灰尘太大了，但西班牙的公路比法国的好。世上只有自行车公路赛才称得上是体育比赛，他说。我曾经跟随过"环法自行车赛"吗？只在报上跟随过。"环法自行车赛"是世界上最大的一项赛事，跟随并组织公路自行车赛使他了解了法国，而很少有人了解法国。他跟公路赛的车手们在赛道上度过了春、夏、秋整整三个季节。你看看现在有多少人开着小汽车，跟在公路赛车队后面，一个城市一个城市地追随着。法国是个富裕的国家，体育比赛一年比一年兴旺。它会成为世界上体育比赛最兴盛的国家，全靠着公路赛，还有足球。他很了解法国，了解法国的体育运动，了解公路赛。我们一起喝了一杯白兰地。不过，话得说回来，回到巴黎终究不是坏事。只有一个巴黎，就是说，它是全世界独一无二的。巴黎是全世界最崇尚体育运动的城市。我知道黑人酒家吗？我怎么不知道，总有一天我会在那里同他相逢。我当然会的。我们会再次共饮白兰地。我们一定会的。他们在清早六点差一刻动身。我要不要起来送行？我一定尽量争取。要他来叫醒我吗？真有意思，我会吩咐前台来叫早的。他不介意亲自来叫我。我哪能麻烦他呢。我会吩咐前台来叫我的。我们明天早晨再道别吧。

第二天早晨我醒来的时候，自行车队和尾随而去的那些汽车已经上路三个小时了。我在床上喝了咖啡，看了几页报纸，然后穿好衣服，拿着泳裤去了海滩。一大早，一切都透着清新、凉爽和湿润。保姆们穿着制服装或者农家打扮，带着孩子们在树下散步。西班牙的孩子长得真漂亮。有几个鞋童凑在一起坐在树下，跟一个军人聊天，那军人只有一条胳臂。涨潮了，凉风习习，海滩上涌来一排排浪花。

我在一间更衣室里换了泳裤，走过狭长的海滩，蹚入水中。我游了出去，竭力越过浪头，但有几次还是不得不潜入水里。到了平静的海面，我翻身仰浮在水面上。这样漂浮着，只能看到天空，身下则能感到波浪的上下起伏。我转身游向浪头，脸朝下，让巨浪把我带向岸边，然后又转身，尽量保持在波谷中，不使浪头打在我的身上。老在波谷中游，我累了，转身向木排游去。海水浮力很大，很冷，有一种永远也不会沉底的感觉。我慢慢地游着，好像伴随着涨潮进退，游了好长的距离，然后爬上木排，水淋淋地坐在正被太阳慢慢烤热的木板上。我环顾海湾、古城、俱乐部、海滨大道边的树木以及那些白色门廊、金字招牌的大旅馆。右边的远方有一座建有古堡的青山，几乎封住了港湾。木排随着海水的波动起伏摇晃。在通往辽阔海域的狭窄海口的另一端是另一个海岬。我很想横渡海湾，可又怕腿肚子抽筋。

我坐在太阳底下，注视着海滩上洗海水浴的人们，他们显得很小。坐了一会儿，我站起来，用脚趾抓住木排的边缘，趁木排由于我的重量而倾斜的时候，利落地扎进海水深处，然后在愈来愈亮的海水中钻出海面，甩掉头上带咸味的海水，然后缓慢而沉着地向岸边游去。

我穿好衣服，付了更衣室的保管费，就回到旅馆。车手们扔下了几期《汽车》杂志，我在阅览室里把它们归拢在一起，拿出来坐在阳光下的安乐椅里翻阅起来，想抓紧了解一下法国的体育生活。我正在那里坐着，看门人拿着一个蓝色信封走出来。

"你的电报，先生。"

我把手指插进只粘住一点儿的封口，拆开看电文。电报是巴黎转来的：

能否来马德里蒙大拿旅馆情况很糟波莱特。

我给了看门人一点小费，又读了一遍。有个邮差顺着人行道过来，拐进了旅馆。他满脸大胡子，看上去很有军人气概。接着他又走出旅馆，看门人紧跟着他。

"又有一封电报，先生。"

"谢谢你。"我说。

我拆开电报，这是从潘普洛纳转来的：

能否来马德里蒙大拿旅馆情况很糟波莱特。

看门人站在旁边不走，或许在等第二笔小费吧。

"去马德里的火车什么时候开？"

"早上九点就开出了。十一点有班慢车，晚上十点有一班'南方特快'。"

"给我买一张'南方特快'的卧铺票。现在就给你钱吗？"

"随你便。"他说，"我记在账上吧。"

"就这么办。"

唉，看来圣塞瓦斯蒂安是待不成啦。我看，我是依稀预料到会发生这种事的。我发现看门人在门口站着。

"请给我拿张电报纸来。"

他拿来了，我拿出钢笔，用印刷体写着：

> 马德里蒙大拿旅馆阿施利夫人
> 乘南方特快明抵爱你的杰克。

这样处理就算完了。事情就这样，送一个女人跟一个男人出走，又把她介绍给另一个男人，让她跟他出走，现在又要去把她接回来。还在电报上写上'爱你的'。事情就是这样。我进去吃中饭。

那天晚上在"南方特快"上我没怎么睡觉。第二天早上，我在餐车里吃早饭，看着阿维拉和埃斯科里亚尔之间那一带山石和松林地带。我看见了窗外的埃斯科里亚尔古建筑群，在阳光照耀下显得灰暗、狭长、萧瑟，但根本没太在意。我看见马德里城在大平原上迎面而来。隔着被烈日烤干的原野，远方一个不高的峭壁上面，地平线上有一带白色密集的房屋。

马德里北站是这条铁路线的终点。所有列车都在这里到头了，不再继续开往别的地方。站外停满了出租的马车和汽车，还站着一排为旅馆拉客的人，活像一座乡村小镇。我雇了辆出租汽车，一路上山，驶过几处花园，路过空着的王宫和悬崖边尚未竣工的教堂，往上一直开到高岗上炎热的现代化城区。汽车顺着一条平坦的街道向下滑行到太阳门广场，然后穿过行人车辆开上圣热罗尼莫大街。所有商店都撑起了阳棚来抵挡暑热，所有阳面的百叶窗都关着。汽车在人行道边上停下。我看见"蒙大拿旅馆"的招牌挂在二楼。汽车司机把行李搬进去，放在电梯前。我按了半天电梯开关都开不动，只好徒步上楼。二楼挂着一块刻花铜招牌——"蒙大拿旅馆"。我撳撳门铃，没人来开门；我又撳了一下，一个女招待板着脸把门打开了。

"阿施利夫人在这儿住吗？"我问。

她面无表情地望着我。

"这里住着一位英国女士吗？"

她转身叫里面的什么人。一个胖得出奇的女人来到门口。她花白的头上抹着发蜡，梳成一个个小卷儿，硬翘翘挂在大胖脸周围。她个子不高，但是很有架子。

"您好。"我说，"这里有位英国妇女吗？我想看看这位英国夫人。"

"您好。是的，有一个女英国人。如果她愿意见您的话当然可以去看她。"

"她愿意见我。"

"我叫这丫头去问问她。"

"天气真热。"

"马德里的夏天是非常热。"

"可冬天却很冷。"

"是的，冬天是非常冷。"

我自己要不要也在蒙大拿旅馆住下呢？

这个我还没最后决定，不过要是有人把我的行李从底楼拎上来，以免被人偷走，我倒是挺乐意的。蒙大拿旅馆还从没发生过失窃呢。在其他客栈发生过，这里没有。没有。这家旅馆的从业人员都是经过严格挑选的。我听了很高兴。不过，我还是希望能把我的行李拿上来。

女招待进来说，女英国人愿意见男英国人，马上。

"好。"我说，"您瞧，我说对了吧。"

"没问题。"

我跟在女招待后面走过黑暗的长廊。走到尽头，她敲了敲一扇门。

"嗨。"波莱特说，"是你吗，杰克?"

"是我。"

"进来。快进来。"

我推开门，女招待在我身后把门关上。波莱特躺在床上。她刚才正在梳头，手里还拿着梳子。房间里一片狼藉，只有那些平时由仆人侍候惯了的人才会弄成这样。

"亲爱的!"波莱特说。

我走到床边，双臂搂住她。她吻我，我同时能感觉到她在想别的事情。她在我怀里发抖。我觉得她瘦了很多。

"亲爱的! 我在十八层地狱里!"

"跟我说说。"

"没什么可说的。他昨天走了，是我要他走的。"

"你为什么不留住他?"

"我不知道。不应该这样。我想我没有伤害他。"

"你对他是再好不过的了。"

"他不能跟任何人同居。我刚刚才意识到这一点。"

"不会吧。"

"唉，真见鬼!"她说，"别谈这个了。再也别提它了。"

"好吧。"

"他竟然因为我而感到耻辱，真让我震惊。你知道，他有一阵子曾因为我而感到耻辱。"

"不可能。"

"哎，就是这样的。我猜他们在咖啡馆里拿我来讥笑他了。他要我把头发蓄起来，我，留长发，那会是什么鬼样子呀。"

"真滑稽。"

"他说，他要使我更有女人味儿。那还不吓死人呀。"

"后来呢？"

"哦，他想通了。他不再为我感到难为情了。"

"那'情况很糟'是指什么呢？"

"我当时没把握把他打发走，我身无分文也没法撇下他自己走。你瞧，他要给我一大笔钱。我跟他说我有的是钱。他知道我在撒谎。但我就是不能要他的钱，你知道。"

"对。"

"哦，别谈这些了。可还有些逗乐的事儿呢。给我一支烟。"

我给她点上了。

"他在直布罗陀当招待的时候学过英语。"

"嗯。"

"最后，他竟想娶我。"

"真的？"

"当然啦。可我连迈克都不能嫁。"

"他以为也许能成为阿施利爵爷。"

"不。不是那么回事。他是真心的。他说，这样我就不能离他而去了。他想确保我永远不会离开他。当然，以后我得多些女人味儿才行。"

"那你该振作起来了。"

"我会的。我重新振作起来了。他把该死的科恩抹掉了。"

"好嘛。"

"你知道，如果不是发现对他有害，我本来可以跟他同居的。我们相处得挺好的。"

"除了你的女人味儿。"

"哦，他会习惯的。"

她把烟掐灭。

"你知道，我三十四岁了。我不愿意当一个毁灭儿童的荡妇。"

"对。"

"我不能那样做。你知道，我现在感觉很好。我觉得振作起来了。"

"这就好。"

她转过脸去。我以为她想再找一支烟呢，结果发现她在哭。我能感觉到她在哭。浑身哆嗦，抽抽搭搭。她不肯抬起头来，我伸开双臂搂着她。

"我们别再谈这个了。求求你，永远不要再提它。"

"亲爱的波莱特。"

"我要回到迈克身边去。"我紧紧抱着她，能感觉到她还在哭。

"他好得要命，又那么糟糕。他跟我是一样的人。"

她不肯抬头。我抚摸着她的头发。我能感到她在颤抖。

"我不愿做一个坏女人。"她说，"但是，哦，杰克，我们再也不要提它了。"

我们离开蒙大拿旅馆。旅馆女老板不要我付账，账已经有人付过了。

"那好。就算了吧。"波莱特说，"现在无所谓了。"

我们租车前往王宫旅馆，放下行李，预订了晚上"南方特快"的卧铺票，然后去旅馆的酒吧喝杯鸡尾酒。我们坐在吧台前的高脚凳上，看调酒师用一个巨大的镀镍调酒器调制马丁尼鸡尾酒。

"真奇怪，一走进大旅馆的酒吧，就有一种莫名其妙的高雅的感觉。"我说。

"当今，只有酒吧招待和赛马骑师还算是温文尔雅的。"

"不管多粗俗的旅馆，酒吧总是很高雅的。"

"很怪。"

"酒吧招待总是风度翩翩。"

"你知道。"波莱特说，"这话不假。他只有十九岁，你想不到吧？"

我们碰了碰并排摆在吧台上的两个酒杯。酒杯冰凉，外面凝着水珠。挂着窗帘的窗外却是马德里夏日的酷暑。

"我喜欢在马丁尼酒里加颗橄榄。"我对调酒师说。

"您说得很内行，先生。来了。"

"谢谢。"

"您知道,我应该事先问您的。"

调酒师走到吧台的另一头,这样就听不到我们的谈话了。马丁尼酒杯放在木制吧台上,波莱特凑过去啜了一口,然后端起酒杯。一口酒下肚,她的手不再哆嗦了,能稳当地端起酒杯了。

"好酒。这酒吧不错吧?"

"只要是酒吧都不错。"

"你知道,起初我都不信。他是1905年生的。那时候,我已经在巴黎上学了。你想想看。"

"你究竟希望我想什么呢?"

"别装傻啦。请一位夫人喝杯酒好吗?"

"再给我们来两杯马丁尼。"

"还是刚才那种,先生?"

"那酒非常可口。"波莱特对他微微一笑。

"谢谢您,夫人。"

"好,干杯。"波莱特说。

"干杯!"

"你知道。"波莱特说,"在我之前,他只和两个女人交往过。除了斗牛,他什么都不管。"

"他来日方长。"

"我不知道。他眼里只有我,什么斗牛表演,都不在意。"

"哦,只有你。"

"是的。只有我。"

"我还以为你再也不提这件事了呢。"

"有什么办法?"

"别说了,把它锁在你心里吧!"

"我只不过顺带提一下而已。你知道,我现在感到真他妈舒坦,杰克。"

"本来就该这样。"

"你知道,坚决不做坏女人使我觉得很舒坦。"

"是的。"

"这种做人的原则基本上可以取代上帝。"

"有些人还是信奉上帝。"我说,"为数还不少哩。"

"上帝跟我从来没有什么缘分。"

"我们要不要再来杯马丁尼?"

调酒师又调制了两杯马丁尼酒,倒进两个干净杯子。

"我们上哪儿吃午饭?"我问波莱特。酒吧里很凉快,在窗子里面就可以感到外面的热。

"就在这儿吧?"波莱特问。

"旅馆里的饭菜没意思。你知道一家叫博廷的饭店吗?"我问调酒师。

"知道,先生。要不要给您抄张地址?"

"谢谢你了。"

我们在博廷饭店楼上用餐。这真是全世界最好的餐厅之一。我们吃烤乳猪,喝"橡树河畔"酒。波莱特没吃多少。她向来吃不了多少。我饱餐了一顿,喝了三瓶"橡树河畔"。

"你觉得怎么样,杰克?"波莱特问,"我的天!你吃了多少啊!"

"我感觉很好。你还要来道甜点吗?"

"哟,不要了。"波莱特抽着烟。

"你喜欢美食,对吧?"她说。

"是的。"我说,"我喜欢很多东西。"

"你喜欢什么?"

"哦。"我说,"我喜欢的事多得很,你要来道甜点吗?"

"你问过我一遍了。"波莱特说。

"对。"我说,"我的确问过了。我们再来一瓶'橡树河畔'吧!"

"这酒很好。"

"你没有喝多少。"我说。

"我喝了不少,只是你没看见。"

"我们再要两瓶吧。"我说。酒送来了，我先给自己倒了一点儿，然后给波莱特倒了一杯，最后把我自己的杯子加满。我们碰杯。

"干杯!"波莱特说。我干了一杯，又倒了一杯。波莱特伸手按着我胳臂。

"别喝醉了，杰克。"她说，"你用不着喝醉呀。"

"你怎么知道?"

"别这样。"她说，"你的一切都会好起来的。"

"我不想喝醉。"我说，"我只不过是喝一点儿葡萄酒。我喜欢喝葡萄酒。"

"别喝醉了。"她说，"杰克，别喝醉了。"

"想去兜凤吗?"我说，"想不想在城里兜一圈?"

"好。"波莱特说，"我还没有好好看过马德里呢。我应该看看去。"

"我先把酒喝了。"我说。

我们下楼，走出楼下餐厅来到街上。一个男招待去雇车了。天儿响晴薄日的，酷热难当。街头有一小片有树有草的广场，出租汽车都停在那里。一辆汽车沿街开了过来，男招待的上半身从一侧车窗探出来。我给了他小费，告诉司机往哪里开，然后上车挨着波莱特身边坐下。汽车沿街开着。我往后面一靠，坐稳。波莱特挪过来紧靠着我，我们紧紧偎依着坐在一起。我伸出胳臂搂住她，她舒舒服服地傍在我身上。天气酷热，阳光朗照，路旁的房屋白得刺眼，我们拐上了大马路。

"唉，杰克。"波莱特说，"我们要能在一起该多开心呀。"

前面，有个穿着卡其制服的骑警在指挥交通。他举起警棍，车子陡地慢下来，使得波莱特更紧地偎在我身上。

"是啊。"我说，"就这么想想不也挺美吗?"